NOUVELLE BIBLIOTHÈQUE DRAMATIQUE

A QUI

LE CASQUE

VAUDEVILLE EN UN ACTE

PAR

EUGÈNE FURPILLE ET JULES PRÉVEL

Représenté pour la première fois, à Paris, sur le théâtre Déjazet,
le 3 février 1866

PARIS

LIBRAIRIE INTERNATIONALE

15, BOULEVARD MONTMARTRE

A. LACROIX, VERBOECKHOVEN & Cᵉ, ÉDITEURS

à Bruxelles, à Leipzig et à Livourne

—

1866

Tous droits de traduction et de reproduction réservés

A QUI LE CASQUE

C.

IMP. POUPART-DAVYL ET COMP., RUE DU BAC, 30.

A QUI

LE CASQUE

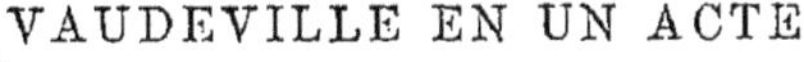

VAUDEVILLE EN UN ACTE

PAR

EUGÈNE FURPILLE ET JULES PRÉVEL

Représenté pour la première fois, à Paris, sur le théâtre Déjazet,
le 3 février 1866

PARIS

LIBRAIRIE INTERNATIONALE

15, BOULEVARD MONTMARTRE

Au coin de la rue Vivienne

A. LACROIX, VERBOECKHOVEN & Cᵉ, ÉDITEURS

A Bruxelles, à Leipzig et à Livourne

—

1866

PERSONNAGES

PANCRÉAS, homme d'affaires. . . . . . . MM. DAUBRAY.

JULES, son neveu. . . . . TONY-RIOM.

SOUPIRAIL. . . . . DAILLY.

HERMINIE, femme de Pancréas. . . . . Mmes LAGNEAU.

COQUELUCHE, sa bonne. . . . . DAROUX.

UN COMMISSIONNAIRE. . . . . M. ÉMILE.

La scène est à Paris, chez Pancréas.

A QUI LE CASQUE

SCENE PREMIÈRE.

COQUELUCHE, endormie sur un canapé; PANCRÉAS.

PANCRÉAS. (Il entre par le fond et marche avec précaution.)

Quelle nuit! Personne! J'ai de la veine! Rentrons vite dans mon appartement.

(Il entre à gauche.)

SCÈNE II.

COQUELUCHE, endormie; JULES.

JULES. (Il entre par une porte à gauche et marche avec précaution.
Quelle nuit! Personne! J'ai de la veine! Allons vite à mon bureau.

(Il entre à droite.)

SCÈNE III.

COQUELUCHE. (Elle se réveille)

Hein! Qui est-ce qui est là? Tiens! je m'étais endormie, en faisant mon ménage... Dame! un lendemain de carnaval! Ah! si madame se doutait que son mari, M. Pancréas, un agent d'affaires, un homme établi, et son neveu, M. Jules, sont sortis, cette nuit, l'un par la grande porte, et l'autre par le petit escalier... sans compter qu'ils ne sont pas encore de retour!...

SCÈNE IV.

COQUELUCHE, JULES.

JULES, qui est entré sur les derniers mots.

Tu te trompes, Coqueluche; deux de perdus, un de retrouvé...

COQUELUCHE.

Tiens! monsieur Jules, c'est vous!... Je ne vous avais pas entendu rentrer!...

JULES.

Dame! tu dormais si bien! mais, chut! parle plus bas; il ne faut pas qu'on sache...

COQUELUCHE.

Soyez tranquille, je ne dirai rien sur vous...

JULES.

Ni moi, sur toi.

COQUELUCHE.

Comment, monsieur, et qu'auriez-vous à dire?

JULES.

Oh! mon Dieu, un rien, un détail... par exemple, ce pompier qui est entré hier dans ta cuisine, entre chien et loup...

COQUELUCHE, à part.

Entre chien et loup... Il l'a vu! (Haut.) Ah! monsieur, n'allez pas croire... C'était pour le bon motif : il venait me prier de lui apprendre à tourner les crêpes...

JULES.

Ah! ce pompier venait te prier...

COQUELUCHE.

Oui... mais en tout bien, tout honneur, au moins, et la preuve c'est qu'il m'a promis de m'envoyer aujourd'hui une preuve de ses sentiments légitimes...

JULES.

Traduction libre : il va t'épouser?

COQUELUCHE.

Hélas! vous savez bien que votre oncle ne veut pas de domestiques mariés!... mais je puis compter sur votre discrétion?

JULES.

Et moi, sur la tienne?

COQUELUCHE.

... Mais c'est convenu, il ne faut pas que M. Pancréas

nous voie chuchoter ensemble... Il est si méfiant!...
N'est-il pas jaloux de vous, parce que madame vous pro-
tége... comme son neveu... et vous aime... comme son
neveu, toujours!... Ah! le vilain homme!... Heureusement que sa conduite, à lui, n'est pas comme l'enfant
qui tette encore... et, tenez, il n'est pas rentré à l'heure
qu'il est...

PANCRÉAS, à la cantonade.

Coqueluche, ma robe de chambre!

JULES.

Ciel! la voix de mon oncle!

COQUELUCHE.

Tiens, il était rentré! il est donc passé par la chemi-
née... Vite, à votre bureau, qu'il ne vous trouve pas ici...

JULES.

Trop tard, le voilà!

SCÈNE V.

PANCRÉAS, COQUELUCHE, JULES.

PANCRÉAS.

Coqueluche, je vous demande ma robe de chambre...

COQUELUCHE.

La voici, monsieur.

PANCRÉAS.

Et maintenant, je vous demande mon neveu.

COQUELUCHE.

Le voilà, monsieur.

PANCRÉAS, à part.

Malédiction ! il était déjà rentré. . (Haut, à Jules) Ah ! c'est vous, monsieur?

JULES.

Oui, mon oncle, votre santé est toujours bonne?

PANCRÉAS.

Assez bonne, merci. Laissez-nous, Coqueluche, votre maîtresse doit avoir besoin de vous.

(Coqueluche sort.)

SCÈNE VI.

JULES, à part.

Comme il m'examine ! Est-ce qu'il se douterait?

PANCRÉAS.

Déjà au travail, monsieur! vous êtes matinal, aujourd'hui...

JULES.

Aujourd'hui, comme les autres jours, mon oncle... D'ailleurs, hier, je me suis couché de si bonne heure, au retour de cette soirée où j'ai conduit ma tante...

PANCRÉAS.

Oui, oui, je sais... (A part.) Tartufe, va ! (Haut.) Eh bien ! pourtant, je serais tenté de croire que vous n'avez guère dormi, cette nuit...

JULES.

Et pourquoi ?

PANCRÉAS.

Mais parce que vos yeux ne ressemblent pas mal à
des lanternes d'omnibus, et que vous avez l'air de
bâiller...

JULES.

Mais, vous-même...

PANCRÉAS.

Comment, moi-même!... Si je bâille, monsieur, c'est
que.. j'ai mes raisons pour cela...

JULES, à part.

Parbleu !

PANCRÉAS.

Je n'ai pas de comptes à vous rendre, j'imagine...
(A part.) Tu te crois bien fort, parce que je n'ai pas de
preuves contre toi; mais si je peux te repincer plus
tard... (Haut.) Voyons, quels sont ces papiers?

JULES.

C'est votre courrier du matin; tenez, voici d'abord la
lettre que vous m'avez dictée pour M. Marasquin...

PANCRÉAS.

Donnez. Mais le bordereau joint à cette lettre, où
est-il?

JULES.

Ah! oui, où est-il? C'est précisément ce que j'allais
vous demander...

PANCRÉAS.

Vous alliez me le demander, à moi, quand c'est vous
qui l'avez?

JULES.

Mais non, mon oncle, puisque vous me l'avez repris...

PANCRÉAS.

Je vous l'ai repris? Dites plutôt que vous l'avez perdu...

JULES.

Mais non...

PANCRÉAS.

Mais si...

SCÈNE VII.

HERMINIE, PANCRÉAS, JULES.

HERMINIE.

Comment, messieurs, à peine levés, vous êtes déjà en discussion... Bonjour, Jules.

JULES.

Bonjour, ma tante.

HERMINIE, à Pancréas.

Eh bien! mon ami, cette réunion d'actionnaires qui m'a privée, hier, de votre présence, s'est-elle terminée à votre satisfaction?

PANCRÉAS.

Oui, madame, à mon entière satisfaction.

JULES, à part.

Sa réunion d'actionnaires! elle est forte, celle-là!

HERMINIE.

Vraiment, on ne le dirait pas, à voir la manière dont
vous commencez la journée, en grondant votre neveu.

PANCRÉAS.

Ah ! c'est qu'aussi ce garçon-là est d'un sans soin ! Si
vous saviez ce qu'il a égaré !...

JULES.

Une feuille de papier...

PANCRÉAS.

Oui, monsieur, une feuille de papier qui porte l'en-tête
de mes lettres : « *Pancréas, agent d'affaires, 74, rue de
Ménars.* » Un homme rangé ne perd pas des documents
de cette importance...

JULES.

Mais je n'ai pas perdu ce document, mon oncle... à
preuve que c'est vous qui l'avez serré dans votre porte-
cigares .. Vous savez, ce porte-cigares, que ma tante
vous a brodé pour votre fête.

PANCRÉAS.

Moi, j'ai serré un bordereau dans mon porte-cigares ?
(Se fouillant.) Mais alors, je l'aurais, ce porte-cigares en
question, et justement, il me manque...

HERMINIE.

Qu'en avez-vous fait ?

PANCRÉAS.

Ma foi, je ne sais pas. Je l'ai oublié... je dois l'avoir
oublié... à mon cercle, dans le fumoir... ou ailleurs...

HERMINIE.

Mais alors, monsieur, il me semble que le reproche

que vous faites à Jules pourrait plus justement vous
être adressé à vous même, qui oubliez votre porte-
cigares dans un fumoir!

PANCRÉAS.

Madame, je vous en prie, ne mettez pas le doigt entre
l'arbre de l'oncle et l'écorce du neveu; n'atténuez pas
l'effet de mes remontrances. Je sais ce que je dis. Depuis quelque temps, Jules est négligent et distrait... trop
distrait... deux adjectifs qui sont du superflu dans la
haute dignité de commis à laquelle je l'ai promu. .

JULES.

Permettez, mon oncle...

PANCRÉAS.

Je ne permets rien. File au plus tôt chez Marasquin.
Heureusement, j'avais conservé un double de ce borde-
reau. Le voici, va vite; à ton retour, nous causerons...
Surtout ne bâille pas en route...

JULES.

Mais je ne bâille pas, mon oncle... (A part.) Ah! déci-
dément, il se doute de quelque chose!

(Il sort.)

SCÈNE VIII.

PANCRÉAS, HERMINIE.

HERMINIE.

Comme vous rudoyez ce pauvre garçon!

PANCRÉAS.

Si je le *rudoille*, madame, ce n'est pas sans motif; je
le *rudoille*, parce qu'on a ici trop de bontés pour lui.

HERMINIE.

Que voulez-vous dire?

PANCRÉAS.

Je veux dire...

AIR : *du Ménage du garçon.*

Depuis six mois, ce beau jeune homme
Avec vous tourne au madrigal.
Il est mon neveu; mais en somme,
Il vous accompagn' trop au bal.
Il vous suit partout... sans distance,
Vot' clair de lune, vot' Roméo.
Même quand vous chantez un' romance,   } *bis.*
Il vous accompagne... au piano.

HERMINIE.

Monsieur...

PANCRÉAS.

Oui, oui, il vous accompagne quand vous chantez :

Petits oiseaux, venez sur ma fenêtre.

(Parlé.) Je ne veux pas que les petits oiseaux viennent
sur votre fenêtre !

HERMINIE.

Eh bien! où est le mal? Jules n'est-il pas l'enfant de
la maison, le fils de feu votre frère?... Et puisque vous
êtes assez aimable pour me laisser seule, les trois quarts
du temps, principalement les jours où vous avez cette
réunion d'actionnaires...

PANCRÉAS.

Mon Dieu! madame, vous me jetez sans cesse au nez cette réunion d'actionnaires; on dirait vraiment que vous avez des doutes...

HERMINIE.

Oh! non!

PANCRÉAS.

A la bonne heure!

HERMINIE.

J'ai mieux que des doutes, j'ai une certitude.

PANCRÉAS.

Une certitude?... et sur quelles preuves, madame?... (A part.) Elle ne peut pas savoir...

HERMINIE.

La meilleure de toutes serait, sans contredit, le soupçon dont vous m'honorez aujourd'hui, probablement afin de donner le change à mon attention. Prenez garde, monsieur Pancréas, ne me forcez pas à éplucher de trop près votre conduite hors du logis...

PANCRÉAS.

Épluchez, madame, épluchez... il ne suffit pas de vouloir pour pouvoir me trouver en faute; je ne suis pas comme les autres, moi... comme mon neveu, par exemple; la pureté de mon existence défie toutes les enquêtes.

HERMINIE.

Je le souhaite pour vous... mais quel rapport avec votre neveu...

PANCRÉAS.

Écoutez : si tout à l'heure je vous parlais de Jules,
c'est que je crains que mon neveu ne se montre pas
assez digne des bontés que nous avons pour lui. J'en
suis convaincu, il se dérange.

HERMINIE.

Encore ?

PANCRÉAS.

Certainement encore... Tenez, il vous a conduite
hier, en soirée, n'est-ce pas? Eh bien, où croyez-vous
qu'on l'ait rencontré aujourd'hui, à cinq heures du
matin?

HERMINIE.

A cinq heures du matin, il dormait sans doute, le
pauvre garçon.

PANCRÉAS.

Oui, il dormait... au fond d'un coupé qui revenait en
droit fiacre du bal de l'Opéra, et dans ce coupé, madame,
il y avait une femme travestie... et travestie en quoi? en
débardeur, avec un casque en cuivre, comme M. Men-
gin, et une crinière longue de ça. (A part.) Je sais ce
qu'elle m'a coûté chez le costumier...

HERMINIE.

Que m'apprenez-vous là?... Oh! non, c'est impossible!...

PANCRÉAS.

Cela est, pourtant. Quelqu'un l'a vu.

HERMINIE.

Mais qui est ce quelqu'un? Ne serait-ce pas, par
hasard... un de vos actionnaires?

PANCRÉAS.

Madame!...

HERMINIE.

Tous ces cancans-là n'ont pas le sens commun.

SCENE IX.

LES MÊMES, COQUELUCHE.

COQUELUCHE.

Pardon, monsieur, il y a dans l'antichambre un homme mal mis qui demande à vous parler.

PANCRÉAS.

Quelque importun, sans doute; dis-lui que je n'y suis pas .. que je vais déjeûner...

COQUELUCHE.

C'est bien ce que j'ai fait; mais il m'a répondu qu'il était venu tout exprès, à l'heure de votre repas...

PANCRÉAS.

Comment, tout exprès... Serait-ce un pique-assiette?

COQUELUCHE.

Voici sa carte.

PANCRÉAS, lisant.

Qu'est-ce que c'est que ça? « *Au Soulier mélanco-lique. Maison de confiance; Soupirail et Compagnie,*

« *rue Quincampoix*, 25. » Que diable peut me vouloir
ce chausseur inconnu?

CcoQUELUCHE.

C'est ce qu'il vous dira lui-même, car le voici.

(Entre Soupirail. — Coqueluche sort.)

SCÈNE X.

PANCRÉAS, HERMINIE, SOUPIRAIL.

SOUPIRAIL, saluant.

Monsieur, madame, la compagnie... (A part.) Soyons
très-calme.

HERMINIE, à part.

Quelle drôle de physionomie!

PANCRÉAS.

Monsieur?... Je ne crois pas vous avoir jamais com-
mandé de chaussures; j'ai mon bottier...

SOUPIRAIL.

Oh! monsieur, soyez tranquille, ce n'est pas à propos
de bottes... que je viens ici!... ma visite n'a qu'un
motif, celui de vous voir.

PANCRÉAS.

Comment, me voir?... Mais permettez, monsieur, je
ne suis pas un monument public...

SOUPIRAIL.

Je tenais à graver votre *facies* dans ma mémoire.

PANCRÉAS.

Ah çà! monsieur, que signifie...

SOUPIRAIL.

Vous allez le savoir... Ainsi, monsieur, c'est vous, c'est bien vous?... Oh! ne m'interrogez pas; vous le voyez, je suis calme... (Regardant Herminie.) Et, à ce qu'il paraît, vous êtes marié?

PANCRÉAS.

Oui, je le suis... mais que vous importe?

SOUPIRAIL.

Et vous avez supposé, sans doute, que la présence de madame suffirait pour me fermer la bouche et pour m'empêcher de casser les carreaux dans votre intérieur?

PANCRÉAS.

Casser les carreaux chez moi?... (A part.) Cet homme est un vitrier.

SOUPIRAIL.

Qu'est-ce que vous dites?

PANCRÉAS.

Je ne dis rien.

SOUPIRAIL.

Ne m'interrompez pas... je suis très-calme... vous avez cru, n'est-ce pas, que j'étais incapable de faire un esclandre?

HERMINIE.

Un esclandre?... Et pourquoi?

SOUPIRAIL.

Ah! si vous avez cru cela, monsieur, c'est que vous

ne connaissiez pas le caractère d'un Soupirail, c'est que vous ne me connaissiez pas! Pendant vingt ans, monsieur, j'ai professé l'escrime...

PANCRÉAS.

Ah! vous avez professé...

SOUPIRAIL, se fendant.

Une... deux... trois... vous êtes mort!

PANCRÉAS.

Et maintenant que vous êtes bottier, c'est le chausson et la savate que...

SOUPIRAIL.

Oui, monsieur; ennuyé d'apprendre aux autres des bottes secrètes, j'ai voulu en fabriquer de vernies .. et puis, il faut bien vous le dire, j'ai l'humeur belliqueuse, et ma profession m'empêchait de me battre... à présent, je me bats quand ça me fait plaisir.

PANCRÉAS.

Mais, je comprends de moins en moins...

SOUPIRAIL.

Vous allez me comprendre ; car je viens vous dire à domicile: Homme de peu, personnage immoral, qu'as-tu fait de Zuléma?

PANCRÉAS.

Zuléma! qu'est-ce que c'est que ça?

SOUPIRAIL.

Ça, monstre! c'est ma légitime, c'est la malheureuse qu'en un tour de cadran tu as fait descendre au dernier bâton de l'échelle sociale!

HERMINIE.

Est-il possible? Expliquez-vous?

PANCRÉAS.

Mais, permettez...

SOUPIRAIL.

Oui, madame ; hier, sur le coup de cinq heures, cinq heures et demie, Zuléma me demandait la permission d'aller manger une oie aux marrons chez sa tante Quillebœuf, à l'ancienne barrière des Vertus ; elle devait être rentrée avant l'extinction du gaz... Eh bien, le croiriez-vous, l'oie et les marrons se sont prolongés jusqu'à ce matin, six heures, et dans quel état la permissionnaire est-elle revenue au domicile conjugal, juste ciel !... En travestissement... oui, madame, en travestissement de bal masqué, avec la cigarette aux lèvres, et de la mayonnaise de homard plein ses poches... Je vous le demande, est-ce là une tenue ?

HERMINIE.

Non, ce n'est pas une tenue.

PANCRÉAS, à part.

De la mayonnaise ! plus de doute, c'est la femme au casque !

SOUPIRAIL.

Eh bien ! madame, ce costume, cette cigarette, ce homard, tout cela est l'ouvrage de l'homme que vous voyez là, de cet homme auquel je vous plains d'être unie par des ligaments indissolubles, et à qui je viens demander le nettoyage de mon honneur, un nettoyage terrible, où le sang va jouer le rôle de benzine-Collas.

PANCRÉAS, à part.

Est-ce qu'elle lui aurait dit mon nom ? (Haut.) Moi ? Vous osez soutenir que c'est moi ?

SOUPIRAIL, le bridant avec un papier.

Oui, je le soutiens, et je le prouve... Connaissez-vous cette facture, qui m'a appris votre nom et votre adresse ?

PANCRÉAS, à part.

Le bordereau de Marasquin! Je suis pris!

HERMINIE.

Quel est ce papier?... Comment, celui que vous disiez tantôt avoir remis à Jules?

PANCRÉAS, à part.

Oh! quelle idée! (Haut.) Eh bien! oui, madame; vous l'avez deviné, oui... C'est justement le papier, que j'avais remis à Jules...

SOUPIRAIL.

Quel est ce Jules?

PANCRÉAS.

Jules Pancréas, mon neveu, un jeune homme charmant...

SOUPIRAIL.

Effectivement, la malheureuse a parlé d'un jeune homme!

PANCRÉAS.

Un jeune homme! Vous l'entendez, madame?

HERMINIE.

Se peut-il?

PANCRÉAS.

Et où avez-vous trouvé ce papier, monsieur?

SOUPIRAIL.

Derrière la mayonnaise, dans la poche du costume... un pantalon de débardeur...

PANCRÉAS.

Avec un casque?

SOUPIRAIL.

Oui, avec un casque; la coupable avait déjà fait un

paquet de tous ces oripeaux, sans doute afin de vous les
renvoyer, et de me cacher les preuves du délit; mais
heureusement j'ai tout séquestré...

PANCRÉAS.

Un débardeur avec un casque! Eh bien! madame,
avais-je raison tout à l'heure?

HERMINIE.

En effet... Ah! quelle indignité! comme il me .. (Se reprenant.) comme il nous trompait!

SOUPIRAIL, se reprenant.

Ah çà! vraiment, madame, est-ce que j'aurais fait
une confusion de personnes?

PANCRÉAS.

Mais, sans doute, monsieur, il y a ici deux Pancréas,
et si je ne vous avais éclairé à temps, vous alliez prendre
celui-ci pour celui-là, l'oncle pour le neveu... car c'est
le neveu, le neveu seul, qui pourrait être l'auteur du
homard, dont vous avez tant à vous plaindre... Ah! ce
jeune homme-là rend sa famille bien malheureuse, allez!

SOUPIRAIL.

Oh! si je le tenais!... Où est-il?

HERMINIE, bas à Pancréas.

Un mot, monsieur. J'espère que si Jules ne sort pas
la conscience nette de cette explication, il ne restera
pas une minute de plus ici...

PANCRÉAS, bas à Herminie.

Tranquillisez-vous, j'arrangerai l'affaire... Il suffit
que la leçon soit forte... (Haut.) Mais tenez, précisément.
je l'entends... Allez déjeuner, je vous rejoindrai tout à
l'heure.

HERMINIE.

Surtout, n'oubliez pas de lui dire à quel point je suis indignée.

PANCRÉAS.

Je n'oublierai rien... (Herminie sort. — A part.) Grâce au ciel, voilà ses actions coulées sur la place!

SOUPIRAIL.

A nous deux, maintenant, monsieur Pancréas neveu!

SCÈNE XI.

PANCRÉAS, JULES, SOUPIRAIL.

JULES, entrant.

Me voilà revenu, mon oncle; j'ai vu M. Marasquin.

PANCRÉAS.

Ah! tu as vu Marasquin, bravo! Eh bien! un bonheur n'arrive jamais seul; de mon côté, j'ai retrouvé sa quittance... Tu sais, sa petite quittance, que tu disais perdue... Devine un peu où elle était? Dans le portefeuille de monsieur, c'est-à-dire, non, dans le pantalon de sa femme...

JULES.

Comment?

PANCRÉAS.

Oh! c'est tout un roman à te raconter... Veux-tu que je te fasse connaître le détail des personnages? Primo, un jeune homme qui soupaille en tête-à-tête avec une dame en casque, et qui oublie un bordereau dans la poche de la dame en question; secundo, le mari du casque qui vient demander au susdit jeune homme des explications... Le jeune homme, c'est toi; le mari, c'est monsieur...

SOUPIRAIL.

Oui, monsieur! oui, c'est moi!

JULES, à part.

Ciel!

PANCRÉAS.

C'est du joli, c'est du régence, c'est du propre!

JULES.

Mais, mon oncle, je vous jure...

PANCRÉAS.

Ne jure pas, c'est une très-mauvaise habitude... D'ailleurs, c'est à monsieur, à monsieur seul que doivent s'adresser maintenant tes protestations...

JULES, à Soupirail.

Monsieur...

SOUPIRAIL.

Monsieur, vous devez comprendre qu'après ce que m'a appris monsieur votre oncle, j'éprouve le besoin de faire de l'hydrothérapie avec votre sang...

JULES.

Un duel? Vous voulez me tuer?

SOUPIRAIL.

J'en nourris l'espérance... pendant vingt ans, monsieur, j'ai professé l'escrime.

JULES.

Ah! vous avez professé...

SOUPIRAIL. (Se fendant.)

Une, deux, trois, vous êtes mort.

JULES.

Ah!...

SOUPIRAIL.

J'ai l'humeur belliqueuse. Ma profession m'empêchait de me battre, je l'ai lâchée; à présent, je me bats, quand ça me fait plaisir.

JULES.

Comment, mon oncle, vous souffririez?

PANCRÉAS.

Dame! monsieur est dans son droit.

SOUPIRAIL.

Reste à fixer le lieu du combat; que pensez-vous de Meudon?

PANCRÉAS.

Joli endroit, mais un peu lointain; prenez plutôt le bois de Boulogne, vous y serez en dix minutes, par le chemin de fer d'Auteuil.

SOUPIRAIL.

Va pour le bois de Boulogne.

JULES.

Ah çà! mon oncle, mais vous voulez donc me faire assassiner?...

FRAGMENT DE *ROBERT LE DIABLE*.

JULES.

Aurez-vous ce courage?

PANCRÉAS.

Aura-t-il ce courage?

Air : des *Huguenots*.

SOUPIRAIL.

En mon bon droit j'ai confiance!...
Pour me venger de cette offense,
Que le sort décide entre nous!...
J'aurai raison de cet outrage...
Sur le terrain j'ai du courage...
D'honneur vivent les rendez vous!

ENSEMBLE.

SOUPIRAIL.

En mon bon droit j'ai confiance!...
Pour me venger de cette offense,
Que le sort décide entre nous!...
J'aurai raison de cet outrage...
Sur le terrain j'ai du courage...
D'honneur vivent les rendez-vous!

JULES et Pancréas.

En son droit il a confiance!...
Pour se venger de cette offense,
Que le sort décide entre nous!...
Il veut raison de cet outrage...
Sur le terrain faut du courage...
Comment apaiser son courroux?. .

JULES.

Quand je vous répète que je ne suis pas coupable... (A Soupirail.) Monsieur, je vous en supplie...

SOUPIRAIL.

Faites vos dernières dispositions, jeune homme; je pars et reviendrai tout à l'heure...

PANCRÉAS.

Tout à l'heure, c'est entendu; moi, je vais déjeuner...

JULES.

Mais, mon oncle, mais, monsieur, encore une fois, je
vous proteste...

SOUPIRAIL.

A bientôt, monsieur, ne vous impatientez pas.

PANCRÉAS.

Oh! non, Jules, ne t'impatiente pas...

SOUPIRAIL, sortant.

Pendant vingt ans j'ai professé l'escrime.

(Soupirail sort par le fond, Pancréas sort à gauche.)

SCÈNE XII.

JULES, puis COQUELUCHE.

JULES.

Eh bien! me voilà dans de jolis draps, moi! J'étais
pourtant bien sûr de ne pas avoir emporté avec moi
cette quittance... Ah! maudit carnaval! comment
faire?

COQUELUCHE, entrant.

Monsieur Jules, quelque chose pour vous, de la part
de madame.

(Elle lui donne un papier plié.)

JULES.

Dix francs dans un morceau de papier... pourquoi
faire? Lisons. (Lisant.) « Mon neveu, mue par un reste de

compassion, je veux bien vous fournir le moyen d'échapper à la vindicte publique et à celle de Soupirail ; ci-joint dix francs, avec lesquels vous retournerez, en wagon de 3e classe, à Pont-de-l'Arche, chez votre respectable mère... Qu'on ne vous revoie jamais!... Votre oncle et moi nous vous offrons notre malédiction. » En wagon de 3e classe ; quelle veine !

COQUELUCHE.

Qu'y a-t-il donc? Vous avez l'air tout chose...

JULES.

Ah! ma pauvre Coqueluche...

AIR : *des Feuilles mortes.*

Mes beaux jours sont passés, mon oncle me renvoie,
Ma tante sans pitié me chass' de sa maison ;
Ce malheur imprévu me rend bêt' comme une oie,
Car d'un' farce aussi simpl', c'est moi qui suis l' dindon.
Que vais-je devenir? ma respectable mère
Va m' gronder en m'voyant de r'tour à son foyer...
Ah! je n'ai plus qu'à m'jeter au fond d'une rivière,
Ou bien à m'faire soldat, photographe ou portier ;
Je n'ai plus qu'à m'faire soldat, etc.

COQUELUCHE.

Là! juste, ce que je craignais!...

JULES.

Et ce n'est pas tout encore, j'ai un duel sur les bras...

COQUELUCHE.

Je le sais... j'ai entendu ce monsieur qui criait à tue-tête, en s'en allant ; mais aussi quelle idée avez-vous eue de vous coiffer d'un casque, c'est-à-dire d'une dame qui en avait un? Ah! s'il ne s'agissait que de lui en rendre un autre, je vous offrirais tout de suite celui de

mon pompier, mais, entre nous, je crois que ça ne suffirait pas ..

JULES.

Hélas! non, ça ne suffirait pas... Du reste, mon oncle a mis dans cette affaire une animosité!...

COQUELUCHE.

Hum! Il a peut-être ses raisons pour ça; car lui aussi,
est allé à l'Opéra... (A part.) J'en tiens la preuve...
(Haut.) Dites-moi donc un peu. cette dame casquée, est
ce au commencement du bal que vous l'avez rencon-
trée?...

JULES.

Du tout, du tout, c'est à la fin, et même elle refusait
de déjeuner, sous prétexte qu'elle avait déjà soupé avec
un homme mûr... qui portait un faux nez et des lunettes vertes...

COQUELUCHE.

Un faux nez et des lunettes vertes!... j'en étais sûre!
c'était lui, c'était votre oncle!

JULES.

Allons donc! comment sais-tu?

COQUELUCHE.

C'était lui, vous dis-je!... pas un mot de plus, ceci est
mon secret; maintenant il faut faire votre paix avec
madame, et tâcher qu'elle vous pardonne...

JULES.

Je ne demande pas mieux, mais comment?

COQUELUCHE.

Restez là et laissez-moi faire,... Tenez, la voici...

SCÈNE XIII.

HERMINIE, JULES, COQUELUCHE.

HERMINIE.

Coqueluche?

COQUELUCHE.

Madame?

HERMINIE.

M. Jules est parti?

COQUELUCHE.

Non, madame, il est resté pour vous faire ses adieux.
(A Jules.) Avancez à l'ordre.

HERMINIE.

Comment, monsieur, vous êtes encore ici?

JULES, troublé.

Ma tante, je vous en supplie, écoutez-moi.

HERMINIE.

Vous écouter... un mauvais sujet, qui court les bals
masqués à l'insu de sa famille... (A part.) Si encore il m'a-
vait emmenée!...

COQUELUCHE.

Mon Dieu! deux ou trois heures de mardi gras, à son
âge, est-ce un si grand crime?

HERMINIE.

Taisez-vous, Coqueluche. (A Jules.) Vous avez avoué à
votre oncle...

JULES.

Moi, mais du tout, je n'ai rien avoué...

COQUELUCHE.

Certainement non, madame, il n'a rien avoué... et d'ailleurs, si c'est pour être allé à l'Opéra sans votre permission,. qu'on le renvoie en Normandie, franchement, c'est un peu sévère, car à ce compte-là, aujourd'hui la moitié de Paris serait en voyage... à commencer par notre maison.

HERMINIE.

Par notre maison? que veux-tu dire?

COQUELUCHE, tirant de sa poche un faux nez.

Dame! voyez un peu les singuliers ustensiles que j'ai trouvés tout à l'heure dans la poche de monsieur, en brossant son habit. Un faux nez... un vrai faux nez, avec des favoris et des lunettes vertes... C'est là sans doute l'uniforme de rigueur pour les réunions d'actionnaires... Pas vrai, madame?

JULES, à part.

Ah bah! ce faux nez était mon oncle!...

HERMINIE, à part.

Comment, lui aussi me trompait!... (Haut.) C'est bien, Coqueluche, remettez ce faux nez où vous l'avez pris, et souvenez-vous que je n'aime pas les domestiques qui épient leurs maîtres... Ceci d'ailleurs ne justifie pas Jules; il ne peut nier qu'il ait soupé...

JULES.

Mais je n'ai pas soupé, ma tante, je vous assure... (A part.) C'est la vérité, je n'ai fait que déjeuner...

COQUELUCHE.

Là, madame, vous voyez bien!

HERMINIE, à Coqueluche.

Mais, taisez-vous donc, c'est insupportable! (A Jules.) Quoi qu'il en soit de ce que vous dites, monsieur, le plus pressé pour vous, maintenant, c'est de partir; il ne faut pas que cet homme, ce Soupirail, vous retrouve ici...

JULES.

Mais il va croire que j'ai peur!

COQUELUCHE.

Eh bien! il croira ce qu'il voudra.

HERMINIE, l'examinant.

D'ailleurs, si vous n'avez rien à vous reprocher?

JULES.

Oh! rien, ma tante, rien absolument... (A part.) Que le café et le pousse-café!...

HERMINIE.

Retournez à Pont-de-l'Arche; votre oncle vous trouvera un emploi chez son correspondant de Rouen.

COQUELUCHE.

Une fameuse occasion pour manger du sucre de pommes.

HERMINIE.

Partez vite, et prenez le premier train...

(Soupirail paraît au fond, il porte deux sabres de garde national, munis de leurs buffleteries.)

SCÈNE XIV.

HERMINIE, JULES, SOUPIRAIL, COQUELUCHE.

SOUPIRAIL, barrant le passage à Jules.

Halte là, monsieur, on ne passe pas!

COQUELUCHE.

Bon! voilà l'autre à présent!

JULES.

Mais permettez, monsieur Soupirail!...

SOUPIRAIL.

Il n'y a pas de Soupirail ici; il y a un homme
outragé qui demande raison! Vous alliez fuir, fuir hon-
teusement, je le vois; mais on ne m'échappe pas ainsi...
Choisissez votre arme!

JULES.

Une paire de coupe-choux!

SOUPIRAIL.

Je viens de les repasser moi-même; et quant au témoin de notre duel, car il nous en faut au moins un,
j'ai pris, à l'heure, un commissionnaire au coin de la
rue...

JULES.

Un témoin à l'heure?...

SOUPIRAIL.

Oui, comme un fiacre. (Tirant sa montre.) J'en ai déjà
pour trente-cinq sous; mais au besoin je reprendrai

cela sur votre succession. Dépêchons, la gare Saint-
Lazare nous réclame, j'entends siffler la locomotive...
le mécanicien s'impatiente... êtes-vous prêt?

JULES.

Mais du tout, du tout, je ne suis pas prêt...

SOUPIRAIL.

Ah ! vous renâclez? Je vous prie d'observer, madame,
qu'il renâcle...

COQUELUCHE.

Mais puisqu'on vous répète qu'il y a un malentendu...

HERMINIE.

Certainement, il y a un malentendu...

JULES.

Vous voyez bien, je ne le leur fais pas dire...

SOUPIRAIL.

Quelle audace! Heureusement, j'ai là une nouvelle
pièce à conviction pour vous confondre... cet accessoire
en perles, que j'avais oublié dans le feu de ma première
visite, et que je viens de retrouver...

(Il se fouille.)

HERMINIE.

Un accessoire en perles... Que dit-il?...

SOUPIRAIL.

Tenez, le voilà, ce porte-cigares qui renfermait votre
facture, le reconnaissez-vous?

(Il le lui donne.)

JULES.

Ce porte-cigares?... celui de mon oncle?

SOUPIRAIL.

Comment, c'est votre oncle, à présent?

JULES.

Voyez plutôt son chiffre, brodé par ma tante : *A. P. Andoche Pancréas...* Moi, je m'appelle Jules...

SOUPIRAIL.

En vérité, se peut-il?

HERMINIE, prenant le porte-cigares.

Il n'est que trop vrai! Ah! quelle infamie! (A part. Je comprends maintenant pourquoi mon mari accusait son neveu avec tant d'acharnement...

SOUPIRAIL.

Ainsi, j'allais encore immoler l'innocent à la place du coupable... c'est le ciel qui m'a éclairé!... Andoche, c'est-à-dire, non, Jules, recevez mes excuses.

JULES.

Je les reçois, Soupirail.

SOUPIRAIL.

Quant à Andoche, au criminel Andoche, je ne démarre pas d'ici qu'il ne m'ait rendu raison de sa conduite... (Il s'assied.) Mon commissionnaire rongeur est en bas. (Il tire sa montre.) Deux francs vingt-cinq; je puis attendre...

HERMINIE, à part.

Et moi, mon parti est pris. (Haut.) Jules, courez me chercher une voiture. (A Coqueluche.) Toi, Coqueluche, va faire mes paquets, tu me suivras...

COQUELUCHE, à part.

Bravo, ça s'embrouille! (Haut.) Quoi, madame, vous voulez partir sans voir monsieur? Justement, le voilà...

SOUPIRAIL.

Andoche!... Sac à papier, nous allons rire!...

HERMINIE.

Lui! Ah! enfin!

COQUELUCHE.

Venez, monsieur Jules.

(Jules et Coqueluche sortent. Au même instant, Pancréas entre
par la gauche.)

SCÈNE XV.

HERMINIE, PANCRÉAS, SOUPIRAIL.

PANCRÉAS.

Ah! vous revoilà, Soupirail; vous venez sans doute
pour chercher mon neveu? (A part.) Le petit drôle a eu
l'esprit de partir...

SOUPIRAIL.

Oui, Andoche, oui, c'est pour cela que je viens...
(A part.) Dissimulons.

PANCRÉAS, à part.

Tiens! ce bottier qui se permet de m'appeler par
mon petit nom... Au fait, comment sait-il? (Haut.) Tout
en déjeunant, j'ai réfléchi à ce duel... beaucoup réfléchi...

SOUPIRAIL.

Vraiment? Et pourrait-on vous demander le résultat
de vos réflexions? Un résultat laconique, par exem-

ple, car je suis pressé... (Tirant sa montre.) Deux francs
soixante...

PANCRÉAS.

Écoutez : Jules a eu des torts envers vous, de grands
torts, je ne dis pas non; mais croyez-moi, mon cher
Soupirail, un jeune homme a besoin d'indulgence ;
voyons, soyez clément, soyez-le, je vous en supplie, et
laissez là cette mayonnaise.

SOUPIRAIL.

C'est vous qui me le conseillez?

PANCRÉAS.

Des deux mains; rendez vos sabres à leurs gibernes,
et un mari à Zuléma; faites cela pour moi. Qui sait?
peut-être, d'ailleurs, y a-t-il eu méprise...

HERMINIE.

Ah! c'est votre opinion?

PANCRÉAS.

Certainement. (Bas à Herminie.) Vous comprenez, c'est
pour l'engager à filer...

HERMINIE.

Et sur quel motif, monsieur, vous basez-vous pour
croire?...

SOUPIRAIL.

Oui, votre base, voyons-la un peu, votre base?...

PANCRÉAS.

Mon Dieu! ma base, c'est que... souvent, très-sou-
vent, n'est-ce pas, on croit être complétement sûr...
on se dit : Ça y est... et puis, toute réflexion faite,
prrrt', ce n'est plus ça du tout, va te promener!...
Vous voyez ça d'ici?...

SOUPIRAIL.

Parfaitement. (A part.) Il patauge à faire pitié!...

HERMINIE.

Eh bien! moi aussi, monsieur, je crois qu'il y a eu méprise dans cette affaire, et mon motif, le voici... ce porte-cigares, que monsieur m'a rapporté et qui servait d'enveloppe au bordereau accusateur. (Elle lui montre le porte-cigares.)

SOUPIRAIL.

Votre porte-cigares, avec vos deux initiales, vous comprenez, Andoche?

PANCRÉAS, à part.

Mon porte-cigares! Je suis fumé!

HERMINIE, bas à Pancréas.

Le voilà donc, monsieur, le secret de votre réunion d'actionnaires! Des réunions, où vous allez avec un faux nez!

PANCRÉAS, à part.

Elle sait tout!

SOUPIRAIL.

Voilà donc pourquoi vous teniez si fort à m'envoyer sur le pré avec votre neveu!

PANCRÉAS.

Mais, laissez-moi vous dire...

HERMINIE.

Je quitte cette maison, monsieur, pour n'y plus rentrer; Jules est allé me chercher une voiture; mon père connaîtra votre conduite.

SOUPIRAIL.

J'ai un témoin à l'heure, Andoche, et le bois de Bou-

logne fleurit pour tout le monde ; c'est vous qui l'avez
dit... partons.

PANCRÉAS.

Mais, au nom du ciel, mon cher Soupirail, et vous,
Zuléma... c'est-à-dire, non, Herminie...

HERMINIE.

Laissez-moi, monsieur, je ne vous connais plus !...

SOUPIRAIL.

Et moi, je ne vous lâche pas ; assez causé.

(Herminie sort à droite. — Presque au même moment Jules paraît
au fond.)

SCÈNE XVI.

SOUPIRAIL, PANCRÉAS, JULES.

JULES.

La voiture est en bas.

SOUPIRAIL.

Tant mieux, elle va nous conduire au chemin de fer.

PANCRÉAS, bas à Jules.

Oh ! Jules, mon ami, mon sauveur, je t'en supplie,
tire-moi de ce guêpier.

JULES, bas à Pancréas.

Tiens ! tiens ! vous ne m'offrez plus votre malédiction, vous, à présent.

PANCRÉAS, bas à Jules.

Sauve-moi, te dis-je, et j'oublie tout, et je double tes appointements !

JULES, bas à Pancréas.

Diable ! Mais comment faire ?

SOUPIRAIL.

En route ! en route ! après vous, Zuléma m'attend ; j'ai à m'occuper d'elle...

PANCRÉAS.

Le scélérat ! il est capable de l'étouffer avec un oreiller, comme Othello !

SOUPIRAIL.

Avec un oreiller ? mieux que ça ! Je l'ai menacée de prendre dès aujourd'hui une piqueuse de bottines pour tout faire... ma cuisine et mes écritures.

JULES.

En vérité ! vous avez fait cela ? Mais alors, malheureux, tout s'explique !

PANCRÉAS.

Évidemment, malheureux, tout s'explique... (A part.) Que veut-il dire ?

SOUPIRAIL.

Comment ?

JULES.

Mais, Soupirail que vous êtes, vous ne comprenez donc pas que sous la pression d'une semblable détente, madame Zuléma, au lieu de vous avouer qu'elle avait soupé avec mon oncle, vous aurait tout aussi bien confessé qu'elle avait goûté avec Louis XIV !.. mettez-vous donc à sa place... être supplantée à son propre comptoir par une étrangère !

SOUPIRAIL.

Ah ! si je pouvais vous croire !... Mais, non, c'est tout
à fait impossible.

JULES.

Impossible, dites-vous? Tenez, voulez-vous que je
vous narre l'ordre et la marche de cette nuit, moi?
Madame Zuléma est allée au bal, et dans le corridor des
premières, elle a ramassé ce porte-cigares, perdu par
mon oncle, voilà tout !

PANCRÉAS.

Eh ! mon Dieu, oui, voilà tout.

SOUPIRAIL.

Voilà tout, voilà tout... Mais la mayonnaise !

JULES.

Eh bien ! la mayonnaise, elle l'a ramassée aussi... au
buffet des rafraîchissements.

SOUPIRAIL.

Tenez, entre hommes d'honneur, il n'y a qu'un mot
qui serve ; donnez-moi tous deux votre parole que vous
n'êtes pour rien dans ce festin en tête-à-tête...

JULES.

Oh ! quant à moi, je vous jure que je n'ai jamais
soupé avec madame Zuléma...

PANCRÉAS.

Et moi, je vous fais le serment que je n'ai jamais
déjeuné avec elle... (Bas à Jules.) Comme cela, nous disons
tous deux la vérité...

SOUPIRAIL.

Soit, j'en prends acte... Si c'est un double parjure,
qu'il retombe sur vos deux têtes !

PANCRÉAS.

C'est ça, et maintenant partez vite.

SOUPIRAIL.

Mais, vous ne me trompez pas, vous l'avez juré?...

JULES.

Mais non, mais non! allez dégager votre témoin...
(Au moment où Soupirail va pour sortir, entre un commissionnaire
avec un paquet.)

SCÈNE XVII.

LES MÊMES, UN COMMISSIONNAIRE.

SOUPIRAIL.

Mon témoin, justement le voici! Eh bien! tu peux
t'en aller, mon brave, je n'ai plus besoin de toi; tiens,
voilà le prix de ta course, une heure trente-cinq, avec
dix centimes de pourboire. Oh! je fais grandement les
choses, moi!

LE COMMISSIONNAIRE.

Merci, bourgeois; mais ce n'est pas pour ça que je
viens; c'est pour un paquet...

SOUPIRAIL.

Un paquet! Quel paquet?

LE COMMISSIONNAIRE.

Celui-ci, un casque qui arrive de la rue Quincampoix...
Prenez vite, c'est très-pressé!... (Il lui donne un paquet.)

SOUPIRAIL.

La rue Quincampoix, ma rue ! un casque ! celui de ma femme !... (A Jules et à Pancréas.) Ah ! misérables, vous me trompiez encore !...

(Il brandit le casque.)

PANCRÉAS.

Soupirail, je vous assure...

LE COMMISSIONNAIRE.

A une autre fois, bourgeois, je me recommande à vous.

JULES, à part.

Tout est perdu !

(Le commissionnaire sort.)

SCENE XVIII.

PANCRÉAS, SOUPIRAIL, JULES.

SOUPIRAIL.

Et moi qui avais la naïveté de croire à leurs serments ! Triple concombre !... Mais maintenant, votre compte est fait, et je veux vous exterminer l'un après l'autre, ou ensemble... choisissez !

PANCRÉAS.

Mais puisqu'on vous répète que nous sommes innocents, comme une paire d'enfants au maillot...

(Il prend le casque.)

SOUPIRAIL.

Trêve de rengaines, et en route pour le pré ; mais d'abord rendez-moi ce casque ; il me coûte assez cher...

PANCRÉAS.

Jamais!... Soutiens-moi, Jules!...

SOUPIRAIL.

Je te dis que je l'aurai!...

PANCRÉAS ET JULES.

Je vous dis que vous ne l'aurez pas!

(Ils tirent le casque, chacun de son côté.)

ENSEMBLE :

AIR : *As-tu vu la casquette.*

A qui donc
Ce beau casque?... (*bis.*)
A qui donc
Ce meuble de garnison?...

SCÈNE XIX.

LES MÊMES, HERMINIE, COQUELUCHE.

COQUELUCHE.

Mon casque! voulez-vous bien lâcher mon casque! Ils vont en faire une casserole!

SOUPIRAIL.

Comment, vous aussi, la bonne, vous réclamez cet objet de métal?

COQUELUCHE.

Mais certainement, puisqu'il m'appartient.

PANCRÉAS.

Que dit-elle?

SOUPIRAIL.

Allons donc ! et la preuve ?

COQUELUCHE.

Ce n'est pas à vous que ja dois la donner. Parlez, madame, intercédez pour moi auprès de monsieur...

HERMINIE.

Cette fille dit vrai ; en entrant à notre service, elle nous avait caché son mariage avec un caporal de pompiers, caserné rue Quimcampoix...

SOUPIRAIL.

En face de mon magasin... je le sais, puisque c'est moi qui chausse la compagnie... mais cela ne me dit pas...

HERMINIE.

Et voici la lettre que je reçois à l'instant : « Madame, veuillez agréer mon union avec Coqueluche, et lui permettre, comme preuve de mes sentiments, de passer au tripoli de l'affection, mon casque que je lui envoie... Je vous *calue*, ALFRED. »

SOUPIRAIL, prenant la lettre.

« Veuillez *a gruèrre*, je vous *calue*, » ça y est... sans cédille ; oui, c'est bien là l'orthographe des pompiers... Ainsi donc, j'avais tort..

(Il laisse tomber le casque.)

JULES, le ramassant.

Sans doute, et d'ailleurs, ce casque-ci porte le numéro du bataillon... voyez plutôt...

SOUPIRAIL.

C'est juste... Coqueluche, reprenez votre timbale, et vous, messieurs, mon estime !

(Il leur tend la main.)

HERMINIE, bas à Pancréas.

Surtout, monsieur, plus de réunions d'actionnaires...

PANCRÉAS, bas à Herminie.

Je le jure! (Bas à Coqueluche.) Quant à toi, j'augmente tes gages...

SOUPIRAIL.

Et si jamais quelqu'un de vous a besoin de chaussures, *le Soulier mélancolique* compte sur lui...

PANCRÉAS.

Ça vous chaussera.

SOUPIRAIL.

Joli!... c'est égal, dorénavant, quand on demandera Zuléma dans sa famille, avec une oie, j'aurai soin de l'accompagner.

ENSEMBLE :

AIR *de Candide.*

Le casque a trouvé son maître;
La paix rentre à la maison;
Pour que rien ne nous empêtre,
Applaudissez sans façon.

FIN

773. — IMPRIMERIE POUPART-DAVYL ET Cᵉ, RUE DU BAC, 30.

THÉATRE

George Sand. — Théâtre complet. 3 vol. gr. in-18. . . . . 9 «

Louis Ulbach et Crisafulli. — M. ET Mme FERNEL, comédie en quatre actes. 1 vol. in-18. . . . . 2 »

Jules Guilliaume. — STRUENSÉE, drame en cinq actes et en vers. 1 vol. in-18. 1 25

Louis Labarre. — MONTIGNY A LA COUR D'ESPAGNE. drame en cinq actes. 1 vol. in-18. . . . . 2 »

Tollebi. — LE DENIER DE SAINT-PIERRE, comédie en cinq actes. 1 vol. in-18. 1 25

Ch. Potvin. — JACQUES D'ARTEVELD, drame historique en trois actes et en vers. 1 vol. in-18. . . . . 2 »

Gœthe. — FAUST, tragédie, ornée du portrait de l'auteur. 1 vol. in-18. . . . . . 3 »
— Le même ouvrage, orné de 26 gravures. . . . . 5 »

Édouard Wacken. — LE SIÉCE DE CALAIS, tragédie lyrique en trois actes. 1 vol. in-18. . . . . 1 »

Ch. Hugo. — LES MISÉRABLES, drame en deux parties et douze tableaux, avec prologue et épilogue. Édition de luxe. in-8. . . . . 4 »
— Le même ouvrage. Édition in-12. 2 »

Racine. — THÉATRE. 2 vol. in-32, édition diamant, ornés de 13 vignettes. . . . . 6 »

Mme de Staël. — ESSAIS DRAMATIQUES. 1 vol. in-18. . . . . 1 »
— Le même ouvrage. 1 vol. in-8. . . . . 2 »

Chateaubriand. — MOISE, tragédie. 1 vol. in-18. . . . . » 50

Victor Joly. — JACQUES D'ARTEVELD, drame, précédé de chroniques intéressantes sur l'histoire des Flandres au XIVe siècle. 1 vol. in-18. . . . . » 50

Fourdrain aîné. — L'HOMME AUX YEUX DE BŒUF, drame, 1 vol. . . . . 1 »
— LE MÉDECIN, drame 1 vol. . . . . 1 »

BIBLIOTHÈQUE DE LA CRITIQUE MODERNE

Format Charpentier à 3 fr. 50 le volume.

Alfred Assolant. — VÉRITÉ! VÉRITÉ! 1 vol.
— PENSÉES ET RÉFLEXIONS DE CADET BORNICHE. 1 vol.
— UN QUAKER A PARIS. 1 vol.
Castagnary. — LES LIBRES PROPOS. 1 vol.
Ch. Dollfus. — ÉTUDES SUR L'ALLEMAGNE. 1 vol.
Mme de Girardin. — L'ESPRIT DE Mme DE GIRARDIN 1 vol. in-18.
Frédéric Morin. — ÉTUDES D'HISTOIRE ET DE LITTÉRATURE, 1 vol.
Mané, Thécel, Pharès. — HISTOIRES D'IL Y A VINGT ANS. 1 vol in-18.
Pichat (Laurent). — LES POÈTES DE COMBAT. 1 vol. in-18.
George Sand. — SOUVENIRS ET IMPRESSIONS LITTÉRAIRES. 1 vol. in-18.
— AUTOUR DE LA TABLE. 1 vol.-in 18.
Ch. Sauvestre. — MES LUNDIS. 1 vol.
Texier (Edmond). — CHOSES DU TEMPS PRÉSENT. 1 vol. in-18.
Louis Ulbach. — ÉCRIVAINS ET HOMMES DE LETTRES. 1 vol.
— CAUSERIES DU DIMANCHE. 1 vol.
Villemot. — LA VIE A PARIS. — Étude sur l'esprit en France par P. J. Stahl. 1 vol. in-18.

Émerson. — LES REPRÉSENTANTS DE L'HUMANITÉ. 1 vol. 3 50
— LES LOIS DE LA VIE. 1 vol. 3 50
Œuvres du Prince de Ligne. — 4 vol. in-18. . . . . 14 »
Mémoires du Prince de Ligne. — 1 vol. in 18. . . . . 3 50
Hippolyte Lucas. — HISTOIRE PHILOSOPHIQUE ET LITTÉRAIRE DU THÉATRE
FRANÇAIS, DEPUIS SON ORIGINE JUSQU'A NOS JOURS. 3 vol. 10 50
Guillaume Schlegel. — COURS DE LITTÉRATURE DRAMATIQUE. 2 vol.
grand in-18. . . . . 7 »
Albert Lacroix. — HISTOIRE DE L'INFLUENCE DE SHAKSPEARE SUR LE THÉATRE
EN FRANCE JUSQU'A NOS JOURS. 1 vol. in 8. . . . . 5 »

Chateaubriand. — ESSAI SUR LA LITTÉRATURE ANGLAISE. 2 vol. in-18. . 2 »
— MÉLANGES ET POÉSIES. 1 vol. in-32. . . . . » 50
— MÉLANGES LITTÉRAIRES. 1 vol in-32. . . . . » 50
Benjamin Constant. — MÉLANGES DE LITTÉRATURE ET DE POLITIQUE.
1 vol. in-18. . . . . 1 »
Mme de Staël. — DE L'ALLEMAGNE. 3 vol. in-18. . . . . 2 »
— LITTÉRATURE. 1 vol. in-8. . . . . 2 »
— MÉLANGES. 1 vol. in-8. . . . . 2 »
— MORCEAUX DIVERS. 1 vol. in-8. . . . . 2 »
Prescott. — ESSAIS ET MÉLANGES HISTORIQUES ET LITTÉRAIRES. 2 vol. in-8. . 10 »

BROCHURES

Jules Simon. — Discours sur les Instituteurs. In-32. . . . . » 10
— La Loi sur les Coalitions. In-32. . . . . » 10
Pelletan. — Les Fêtes de l'Intelligence. 1 vol. in-8. . . . . 1 »
Les Jésuites et le Procès de Buck. 1 vol. in-18. . . . . » 75
Bosselet. — La Liberté ajournée. 1 vol. in-18. . . . . 1 »
Demeur. — L'Expédition belge au Mexique. 1 vol. in-18. . . . . » 75
Prescott. — Don Carlos. Sa vie et sa mort. 1 vol. in-8. . . . . . 2 »
— Vie de Charles Quint à Yuste. 1 vol. in-8. . . . . 2 50
— Christophe Colomb. 1 vol. in-8. . . . . 1 50

15, boulevard Montmartre, Paris.

COLLECTION DES GRANDES ÉPOPÉES NATIONALES

Valmiki. — Le Râmâyana, poëme traduit du sanscrit par H. Fauche.
2 vol. in-18. . . . . 7 »

Les Nibelungen, poëme traduit de l'allemand par Emile de Laveleye. 1 vol. in-18. . . . . 3 50

Le Roman du Renard, mis en vers d'après les textes originaux, par Ch. Potvin. 1 vol. in-18. 3 50

Les Chants populaires de l'Italie, traduction de l'italien de Cazelli. 1 vol. in-18. . . . . 3 50

Milton. — Le Paradis perdu, traduction de l'anglais par Chateaubriand. 2 vol. in-18. . . . . 2 »

L'Edda, traduction du poëme scandinave par Emile de Laveleye. 1 vol. in-18. . . . . 3 50

Kalidasa. — OEuvres, comprenant le drame de Çacountala, traduction de l'indien par H. Fauche. 1 vol. in-18. . . . . 3 50

SOUS PRESSE :

Ernest Hamel. — Histoire de Robespierre. 3 vol. in-8, à 7 fr. 50 le vol.

A. Bougeart. — Marat. Sa Vie et ses OEuvres. 2 vol. in-8, 10 fr.

G. Avenel. — Anacharsis Cloots (l'Orateur du genre humain). 2 vol. in-8, à 6 fr. le vol.

A. Hebrard. — Les Classiques de la Révolution. In-8, à 5 fr. le vol.

> A. OEuvres de Mirabeau. 1 vol.
> B. OEuvres de Danton.
> C. OEuvres de Robespierre.
> D. OEuvres de Marat.
> E. OEuvres de Camille Desmoulins.
> F. OEuvres de Saint-Just.

Alfred Michiels. — Histoire de la Peinture flamande et hollandaise. 6 beaux vol. in-8 à 5 fr. le vol.

Gustave Flourens. — La Science de l'Homme. 2 vol. in-18. 7 fr.

Le Jésuite, par l'abbé ***, auteur du *Maudit* et de *la Religieuse*. 2 vol. in-8, 10 fr.

ROMANS A 3 FR. LE VOLUME

SOUS PRESSE :

Bréhat (A. de)—Les Chemins de la vie.
Dickens (Charles). — Nouveaux Contes de Noël.
Dash (Comtesse)—Mémoires des autres
Kingsley (R.-Charles)—Vive l'Occident!
Miss Braddon.—La bande noire. 2 vol.
  — Le Lis de la Louisiane. 2 vol.
  — Le Fantôme blanc. 2 vol.
  — L'Ouvrière. 2 vol.

Miss Braddon. — Oscar Bertrand.
Melville (Whyte).—Propre à rien. Traduit de l'anglais.
Tourguénef. —Dernières nouvelles.
Thackeray (W.-M.). — Les Aventures de Philippe.
  — Les Newcomes.
  — Les Virginiens.
Zschokke (H.).—Contes inédits.

A. Lacroix, Verboeckhoven et Cⁱᵉ.

ŒUVRES DES GRANDS AUTEURS FRANÇAIS CONTEMPORAINS

ÉDITION IN-8 CAVALIER

Victor Hugo. — Les Misérables. 10 vol. in-8 . . . . 0 »
— William Shakespeare. 1 vol. in-8 . . . . 7 50
Alph. de Lamartine. — La France parlementaire (1830-1851).
    Discours, écrits politiques. 6 beaux et forts vol. in-8. . . . 36 »
— Shakespeare et son œuvre. 1 vol. in-8. . . . . 5 »
— Portraits et Biographies (William Pitt, lord Chatham, Madame
    Roland, Charlotte Corday). 1 vol. in-8. . . . . 5 »
— Les Hommes de la Révolution (Mirabeau, Vergniaud, Danton).
    1 vol. in-8 . . . . 5 »
— Les Grands Hommes de l'Orient (Mahomet, Tamerlan, Zizim).
    1 vol. in-8 . . . . 5 »
— Civilisateurs et Conquérants (Solon, Périclès, Michel-Ange,
    Fables de l'Inde, Pierre le Grand, Catherine II, Murat).
    2 vol. in 8 . . . . 10 »
Jules Simon. — L'Ecole. 1 vol. in-8. . . . . 6 »
Eugène Pelletan. — La Famille. I. La Mère. 1 vol. in-8. . . . 5 »
                        II. Le Père. 1 vol. in-8. . . . 5 »
                       III. L'Enfant. 1 vol. in-8 . . . 5 »
Edgar Quinet. — La Révolution. 2 vol. in-8. . . . . 15 »
Louis Blanc. — Lettres sur l'Angleterre. 2 vol. in-8. . . . . . 12 »
— Les Salons du XVIIIᵉ siècle. 2 vol. in-8. . . . . 12 »
Victor Hugo raconté par un témoin de sa vie. 2 vol.
    in-8 . . . . 15 »
Lamennais (ŒEuvres) de. 2 vol. gr. in-8 à 2 colonnes. . . . . 32 »

ÉDITION IN-18 JÉSUS

Michelet. — La Sorcière. 1 vol. in-18. . . . . 3 50
— La Pologne martyre. 1 vol. in-18. . . . . 3 50
George Sand (ŒEuvres de). — Flavie. 1 vol . . . . 3 »
— Les Amours de l'Age d'or. 1 vol . . . . 3 »
— Les Dames Vertes. 1 vol. . . . . 3 »
— Les Beaux Messieurs de Bois-Doré. 2 vol. . . . . 6 »
— Promenade autour du village. 1 vol. . . . . 3 »
— Souvenirs et Impressions littéraires. 1 vol. . . . . 3 »
— Autour de la table. 1 vol. . . . . 3 »
— Théâtre complet. 3 vol. . . . . 9 »
Eugène Sue (ŒEuvres d'). 37 vol. gr. in-18 à 1 fr.
— ŒEuvres diverses. 49 vol. petit in-18 à 50 cent. le volume.
Frédéric Soulié. — ŒEuvres diverses. Romans. 66 volumes in-18 à 50 c.
    le volume.

BEAUX IN-18 BROCHÉS A 3 FR. 50

Proudhon. — La Guerre et la Paix. . . . . 1 vol.
— Théorie de l'impôt. . . . . 1 vol.

EXTRAIT DU CATALOGUE

LIBRAIRIE INTERNATIONALE

Boulevard Montmartre, 15, au coin de la rue Vivienne

A. LACROIX, VERBOECKHOVEN ET Cie

ÉDITEURS

à Bruxelles, à Leipzig et à Livourne

MAISON DE COMMISSION

DÉCEMBRE 1865

Les Ouvrages annoncés sur ce Catalogue
sont expédiés *franco* contre
envoi du prix en un mandat sur la poste
ou en timbres-poste.

PARIS

15, BOULEVARD MONTMARTRE, 15

AU COIN DE LA RUE VIVIENNE

Ce Catalogue annule les précédents

HISTOIRE
COLLECTION DES GRANDS HISTORIENS CONTEMPORAINS ÉTRANGERS.
FORMAT IN-8 A 5 FR. LE VOLUME.

Rodenbach (C.). — Épisodes de la révolution dans les Flandres. 1 vol. in-18 . . . . 1 »

Schayes (A.-G.-B.). — Les Pays-Bas avant et durant la domination romaine. 2 vol. in-8 . . . . 10 »

Sosset (J.). — Biographies à l'usage des écoles moyennes. Première partie destinée à la première année d'études. 2e édition. 1 vol. in-12 . 1 »
— Deuxième partie, 2e édition, destinée à la deuxième année d'études 1 »

Van Bruyssel (E.). — Histoire politique de l'Escaut. 1 vol. Charpentier. 2 50
— Histoire du Commerce et de la marine en Belgique. 3 vol. in-8. 6 fr. le volume.

Vandervynct. — Histoire des troubles des Pays-Bas sous Philipppe II. 4 vol. in-8 . . . . 10 »

Van Halen (Don Juan). — Mémoires. 2 vol. in-8 . . . . 6 »
— Pour faire suite à ces Mémoires : Les quatre Journées de Bruxelles. 1 vol. in-8 . . . . 1 »

Villiaumé (N.) — Histoire de la Révolution française (1789), nouvelle édition revue et augmentée de documents inédits et inconnus. 3 vol. in-8. 15 »
— Histoire de Jeanne Darc et réfutation des diverses erreurs publiées jusqu'aujourd'hui. 3e édition. 1 vol. in-8. . . . . 7 50

Weber (Georges). — Histoire universelle. Traduit de l'allemand sur la 9e édition, par Jules Guilliaume. 10 vol. in-12.
— Peuples orientaux. 1 vol. in-12. . . . . 2 »
— Histoire grecque. 1 vol. 3 50
— Histoire romaine. 1 vol. 3 50
— Histoire du moyen âge. 2 vol. . . . . 7 »

White (Charles). — Révolution belge de 1830. 3 vol. in-18 . . . . 3 »

Wouters. — Histoire chronologique de la République et de l'Empire (1789 à 1815), suivie des Annales napoléoniennes depuis 1815. 1 vol. in-8, cartes et plans. . . . . 10 »

PHILOSOPHIE & RELIGION

Brigham (Amariah). — Remarques sur l'influence de la culture de l'esprit et de l'excitation mentale sur la santé. 1 vol. in-18 . . . . . . 1 »

Brougham (lord Henri). — Discours sur la théologie naturelle, indiquant la nature de son évidence et les avantages de son étude ; traduit de l'anglais. 1 vol. in-18. . . . . 1 »

Crets (M.). — Un Visionnaire humanitaire, ou Essai de la position du problème humain. 1 vol. in-18 . . . . 3 »

Feuerbach. — La Religion. Traduction de Joseph Roy. . . . . 5 »
— Essence du Christianisme. Traduction de Joseph Roy . . . . . . 5 »

D'Héricourt (Mme Jenny-P.)—La femme affranchie, réponse à MM. Michelet, Proudhon, E. de Girardin, A. Comte et autres novateurs modernes. 2 vol. Charpentier . . . . 7 »

Gioberti (Vincent). — Essai sur le beau, ou Éléments de philosophie esthétique ; traduit de l'italien par Joseph Bertinatti, docteur en droit. 1 vol. in-8 . . . . 7 »
— Lettres sur les doctrines philosophiques et politiques de M. de Lamennais. 1 vol. in-18 . . . . 1 50

Gruyer (L.-A.). — De la liberté physique et morale. In-8. . . . . 2 »
— Tablettes philosophiques. 1 vol. in-18 . . . . 1 »

Larroque (Patrice). — Examen critique des doctrines de la religion chrétienne. 2e édition. 2 vol. in-8 . . . . 15 »
— 3e édition. 2 vol. in-8 (sans annotations) . . . . 10 »
— Rénovation religieuse. 2e édition augmentée. 1 vol. in-8 . . . . . 7 »
— 3e édit. in-8 (sans annotations). . . . . 5 »
— De l'esclavage chez les nations chrétiennes. 2e édit. 1 vol. in-18 . 2 50

Poulin (P.)—Qu'est-ce que l'homme? Qu'est-ce que Dieu? Solution scientifique du problème religieux. 1 vol. gr. in-18 . . . .   3 50
Renand (P.) — Christianisme et Paganisme. Identité de leurs origines, ou nouvelle symbolique. 1 vol. in-8. . . . .   6 »
Saint-Simon (C.-H. de). — OEuvres choisies, précédées d'un Essai sur sa doctrine, avec portrait et lithographie. 3 vol. Charpentier 10 50
Simon (Jules). — L'École. 1 vol. in-8. . . . .   6 »
Strauss (Docteur David-Frédéric). — Nouvelle Vie de Jésus, traduction de l'allemand par A. Nefftzer et Ch. Dollfus. 2 vol. in-8. . . . .   12 ь
Stap (A.).— Études historiques et critiques sur les origines du christianisme. 1 vol. format Charp. 3 50
G. Tiberghien, professeur à l'université de Bruxelles. — La Logique : Science de la connaissance. 2 vol. in-8 à 7 fr. 50 le volume.
Voituron (Paul). — Recherches philosophiques sur les principes de la science du Beau. Ouvrage couronné. 2 forts vol. in-8. . . . . .   12 »
— Études philosophiques et littéraires sur les Misérables. 1 vol. in-12   2 »

<h2 style="text-align:center">VOYAGES</h2>

Bædeker.—Paris. Guide pratique du voyageur, accompagné d'un plan général de Paris et de 6 cartes. 1 vol. élégamment cartonné de 240 pages in-18 . . . .   4 »
Barth (Docteur H.). — Voyages et découvertes dans l'Afrique septentrionale et centrale ; traduit de l'allemand par Paul Ithier. 4 beaux et forts vol. in-8, avec carte et grav. . . . .   24 »
Du Bosch (A.-J.). — La Chine contemporaine, d'après les travaux les plus récents ; traduction de l'allemand. 2 vol. Charpentier . . . . . .   7 »
Considérant (N.). — Un couronnement à Kœnigsberg ; Stuttgard et Weymar, souvenirs de voyage. 1 vol. in-12 . . . .   1 50
Frœbel (Julius). — A travers l'Amérique ; traduction de l'allemand par Émile Tandel. 3 beaux vol. Charpentier. 10 50
Passmore. — Guide à Londres. — A trip to London. — Guide du voyageur à Londres. — Sous forme de manuel de conversation anglaise et française, servant en même temps à apprendre la langue anglaise. 1 vol. in-32 avec plan de Londres . . . .   5 »
Reelan (Edouard). — Guide de poche. Voyage circulaire. Excursions en Belgique, en France et en Allemagne. De Bruxelles à Bruxelles, par Paris, Nancy, Strasbourg, Baden-Baden, Carlsruhe, Heidelberg, la Bergstrasse, Francfort (Wiesbaden), les bords du Rhin, Mayence, Coblence, Bonn et Cologne, Aix-la-Chapelle et Liége. Excursions à Hombourg, à Wiesbaden, à Ems, à Spa et dans les vallées de la Murg, de l'Ahr, etc., etc. 1 vol. in-32. . . . .   1 »
Siret (Ad.). Manuels du Touriste et du curieux. I. La ville de Gand. 1 vol. in-12, avec plan 2 50
Verhaeghe (L.). — Autour de la Sicile. 1861-1863. 1 vol. in-18. . . . . . .   2 »

<h2 style="text-align:center">POLITIQUE, DROIT, ÉCONOMIE POLITIQUE
ET SCIENCES</h2>

Addison. — Episodes des cours d'assises. 1 vol. in-18 . . . .   1 »
Ancillon. — Du juste-milieu, ou des rapprochements des extrêmes dans les opinions. 2 vol. in-18. . . . .   2 »
Animaux domestiques. —Trad. de l'anglais. 1 vol. in-18, orné de gravures   1 »
Animaux sauvages. — Traduit de l'anglais. 1 vol. in-18, orné de gravures .   1 »
Belgique (La) jugée par l'Angleterre, extrait de la « Quarterly Review. » Traduction autorisée. 1 vol. in-12 . . . .   » 75
Bibliothèque du peuple et des écoles. Notions élémentaires d'astronomie, broch. in-18 . . . .   » 30
— Notions préliminaires à l'étude des sciences. . . . .   » 30

———————

A. Lacroix, Verboeckhoven et Cⁱᵉ

Ignotus (Dr). — Petit traité de la machine humaine. 1 vol. Charpentier, avec figures. 3 50
Jacobus (Dom). — Le livre de la nationalité belge. 1 vol. in-18 . . . . . 2 »
— L'Europe et la nationalité belge. 1 vol. in-18. . . . . 2 50
Lalande (Jérôme de). — Tables de Logarithmes, étendues à 7 décimales par F.-C. Marie, précédées de plusieurs tables contenant les bases des calculs les plus usuels, par Ch.-E. Guillery. 1 vol. in-18. . . . . 3 »
Lamartine (Alphonse de). — La France parlementaire pendant vingt ans (1834-1851). 6 vol. in-8. Les quatre premiers sont en vente, le vol. 6 fr. . . . . » »
Larroque (Patrice).—De la guerre et des armées permanentes. 1 vol. in-8. 5 »
— 2e édition in-18. . . . . 3 50
Laveleye (Emile de). — Questions contemporaines. 1 vol. gr. in-18. . 3 50
— Essai sur l'économie rurale de la Belgique. 2e éd. 1 vol. in-18. . . 3 50
— Economie rurale de la Hollande. 1 vol. format Charpentier . . . 3 50
— L'enseignement obligatoire. In-12 . . . . » 75
Le Hardy de Beaulieu (Ch.). — Traité élémentaire d'économie politique. 1 vol. Charpentier de 384 pages. . . . . 4 »
— Considérations sur les relations commerciales entre la Belgique et l'Espagne dans le présent et dans l'avenir. 1 vol. in-8 de 108 pages. 1 50
— Du salaire. Exposé des lois économiques qui régissent la rémunération du travail et des causes qui modifient l'action de ces lois. 1 vol. in-12. . . . . 2 50
— Le Catéchisme de la mère. 1 vol. in-12 avec de nombreuses fig. 2 50
— Causeries agricoles. Applications de l'économie politique, de la géologie et de la chimie à l'agriculture. 1 vol. in-12 . . . . . . 3 50
Le Hon. — Périodicité des grands déluges, résultant du mouvement graduel de la ligne des apsides de la terre, théorie prouvée par les faits géologiques. 1 vol. in-8. 2e édition, revue, augmentée et enrichie de deux cartes . . . . 3 »
Lestgarens (J.). — La situation économique et industrielle de l'Espagne en 1860. 1 vol. in-8. . . . . 1 25
Lindley (John). — Esquisses des premiers principes d'horticulture. Ouvrage traduit de l'anglais et augmenté par Ch. Morren. 1 vol. in-18. . 2 »
Ludwigh (Jean).—La Hongrie politique et religieuse. 1 vol. Charpentier. 3 50
— Nouvelle page de l'histoire des Habsbourg. In-18. . . . . » 75
— La Hongrie et la germanisation autrichienne. In-18. . . . . 1 »
— La liberté religieuse et le protestantisme en Hongrie. In-18. . . . 1 25
— La Hongrie devant l'Europe : les institutions nationales et constitutionnelles de la Hongrie et leur violation. In-18. . . . . 2 »
— La Hongrie et les Slaves. 1 25
— François-Joseph, empereur d'Autriche, peut-il être couronné roi de Hongrie ? In-18. . . . . 1 »
— Qui payera les dettes de l'Autriche ? In-18. . . . . 1 50
— La diète de Hongrie et l'empire d'Autriche, contenant l'adresse de M. Deak. In-18. . . . . 2 »
— L'Autriche despotique et la Hongrie constitutionnelle, avec l'ultimatum de la diète de Hongrie. 2 »
Macnish (Robert). — Introduction à l'étude de la phrénologie, par demandes et par réponses. 1 vol. in-18. . . . . 1 »
Malaise (L.). — Clinique homœopathique. 1 vol. in-8. . . . . 2 »
Maynz (Ch.). — Éléments de droit romain. 2 vol. in-8. . . . . 16 »
— Traité des obligations en droit romain. 1 vol. in-8. . . . . 9 »
Mitscherlich. — Éléments de chimie ; traduit de l'allemand par Valérius. 3 vol. in-8. . . . . 9 »
Molinari (G. de). — Questions d'économie politique et de droit public. 2 beaux vol. in-8. . . . . 10 »

Molinari (G. de) — Lettres sur la Russie. 1 vol. format Charpentier de 418 pages . . . . 4 »
— Cours d'économie politique, professé au Musée royal de l'industrie belge. 2 forts vol. in-8 (2ᵉ édition). . . . . 15 »
Monckhoven. — Traité général de photographie, contenant tous les procédés connus jusqu'à ce jour, suivi de la théorie de la photographie et de son application aux sciences d'observation. 4ᵉ édition, entièrement refondue avec 253 figures intercalées dans le texte. 1 vol. in-8. . . . 10 »
Omalius d'Halloy (J.-J. d'). — Abrégé de géologie. Nouvelle édition. In-8 avec nombreuses figures dans le texte. . . . . 10 »
Pessard (H.) et **Duvernoy** (C.). — L'année parlementaire. Première année, 1864. 1 fort vol. in-18 de 400 pages, contenant un résumé historique des actes du Sénat et du Corps législatif français. 3 50
Philips (Ch.). — Amputation dans la contiguïté des membres. 1 vol. in-8, avec 16 planches. . . . . 3 »
— Du strabisme. 1 vol. in-18. » 50
Rau (Ch.-H.). — Traité d'économie nationale; traduit de l'allemand par Fréd. de Kemmeter. 1 vol. in-8. . . . . 8 »
Reyntiens (N.). — L'enseignement primaire et professionnel en Angleterre et en Irlande. 1 vol. in-8. 6 »
— Débats de l'assemblée de Francfort sur les questions de l'Eglise et de l'Instruction publique. 1 vol. gr. in-8. . . . . 4 »
Rodenbach (Alex.). — Coup d'œil d'un aveugle sur les sourds-muets. 1 vol. in-8. . . . . 2 »
Say (Jean-Baptiste). — Catéchisme d'économie politique. 1 vol. in-18. . 2 »
— Cours complet d'économie politique, augmenté des Mélanges et correspondance d'Economie politique, de la Bibliographie raisonnée de l'Économie politique, par A. Blanqui, précédé d'une notice historique sur la vie et les ouvrages de J.-B. Say, par Charles Comte. 1 gros vol. grand in-8, à 2 colonnes. . . . . . . 12 »
Sève (Ed.). — Le nord industriel et commercial. 3 vol. in-8. . . . . . . 15 »
Thielens (A.). — Flore médicale belge. 1 vol. in-12. . . . . 5 »
Université libre de Bruxelles (L'). — Statuts, discours, rapports, documents divers, programme des études, liste des professeurs, biographie, bibliographie. 1 fort vol. de 500 pages in-12. . . . . 5 »
Van Bruyssel (Ernest). — Histoire du commerce et de la marine en Belgique. 3 vol. in-8. . . . . 18 »
— Histoire politique de l'Escaut. 1 vol. Charpentier. 3 50
Van den Broeck. — Hygiène des mineurs et des ouvriers d'usines métallurgiques, suivie de l'exposé des moyens propres à les secourir en cas d'accident. 1 vol. in-8. . . . . 5 »
Villiaumé (N.). — Nouveau traité d'économie politique. 2ᵉ édition fort augmentée. 2 vol. in-8. . . . . 15 »
— L'Esprit de la guerre. Principes nouveaux du droit des gens, de la science militaire et des guerres civiles. 2ᵉ édition. 1 beau volume in-8. . . . . 7 50
Waelbroeck (C.-F.), professeur à l'Université, avocat à la cour d'appel de Gand. Cours de droit industriel. 3 vol. in-8. . . . . 18 »

LITTÉRATURE & BEAUX-ARTS

Ainsworth (Harrison). — Guy Fawkes, ou la Conspiration des poudres. 2 vol. . . . . 1 »
Andrieux. — Poésies. 1 vol. 1 50
— Épitre au pape. 1 vol. . . . . » 30
Aubertin (G.-H.). — Grammaire moderne des écrivains français. 1 vol. in-8 compacte. . . . . 6 »

Aubertin (G.-H.). — Petite Grammaire moderne ou les huit espèces de mots. 1 vol. in-12. . . . . 1 »

Aventures de Tiel Uylenspiegel, illustrées par Lauters. 1 beau vol. in-18. Bruxelles, 1840. . . . . 5 »

Bancel (D.). — Harangues et Commentaires littéraires et philosophiques sur la littérature française. 3 vol. in-8. . . . . 15 »

Baron (A.). — Caius Julius Cæsar, ad optimas editiones recensitus, cùm commentario integro Jer. Jac. Oberlini, et selectis Oudendorpii, Achainterii variorumque notis. 2 vol. in-8. . . . . 3 »

Baron (A.). — La Mosaïque belge. 1 vol. in-18. . . . . 1 »

— Poésies militaires de l'antiquité, ou Callinus et Tyrtée ; ouvrage trad. en vers français, avec notices, commentaires et traductions en vers latins, anglais, italiens, allemands et hollandais. 1 vol. in-8. .2 »

— Résumé de l'histoire de la littérature française. 1 vol. in-18. . . . . 1 »

Bécart (A.-J.). — Précis d'un cours complet de rhétorique française. 1 vol. in-8. . . . . 2 »

Berend (Michel). — La Quarantaine. 1 vol. 3 50

Biagio Miraglia. — Cinq nouvelles Calabraises. 1 vol. Charpentier. . . . 3 50

Blanc (Louis). — Lettres sur l'Angleterre. 2 vol. in-8. . . . . 12 »

— Les Salons du xviiie siècle, 2 vol. in-8. . . . . 12 »

Bonau (Filip). — Les Vengeurs, roman-drame en vers, précédé d'une lettre de M. A. de Lamartine. 1 vol. in-8. . . . . 6 »

Carlén (Mme Émilie). — Une femme capricieuse ; traduit du suédois. 4 volumes in-18. . . . . 5 »

Castelnau (A.). Zanzara, ou la Renaissance en Italie, roman historique. 2 vol. Charpentier. . . . . 7 »

Catalan (E.). — Rime et Raison, ou proverbes, apophthegmes, épigrammes et moralités proverbiales. Choisis et mis en vers. 1 vol. élégant in-32. . . . . 2 »

Cazelli (H.). — Chants populaires de l'Italie. Texte et traduction. 1 vol. Charpentier 3 50

Chassin (C.-L.). — Le poëte de la Révolution hongroise, Alexandre Petœfi. 1 fort vol. Charpentier. 3 50

Chateaubriand (De). — Atala, — Réné. 1 vol. in-18. . . . . 1 »

— Essai sur la littérature anglaise. 2 vol. in-18. . . . . 2 »

— Moïse. Tragédie. 1 vol. in-18. . . . . » 50

— Le Paradis perdu de Milton. 2 vol. in-18. . . . . 2 »

— Atala. — Réné. 1 vol. in-32. . . . . » 50

Chateaubriand (De). — Mélanges et poésies. 1 vol. in-32 . . . . » 50

— Mélanges littéraires. 1 vol. in-32 . . . . » 50

— Les Natchez. 2 vol. in-32 . . . . 1 »

Chavée. — Essai d'étymologie, ou Recherches sur l'origine et les variations des mots qui expriment les actes intellectuels et moraux. 1 vol. in-8. 2 »

Chénier (Marie-Joseph). — Poésies. 1 vol. . . . . 2 »

Chez Victor Hugo, par un passant. 1 vol. in-8 orné de 12 eaux-fortes, grav. par Maxime Lalanne. Ouvrage artistique et littéraire. . . . . . . 6 »

Contes de la sœur Marie. — Traduits de l'anglais. 1 vol. in-18, orné de vign. 1 »

Conversations d'un père avec ses enfants. — Traduit de l'anglais. 2 vol. in-18, ornés de gravures . . . . 2 »

Constant (Benjamin). — Adolphe. 1 vol. 1 »

— Mélanges de littérature et de politique. 1 vol. in-18. . . . . 1 »

Curtis (G.-W.). — Rêveries d'un Homme marié. 2 vol. in-32 . . . . 2 50

Dash (Comtesse). — Mémoires des autres. 8 vol. Charpentier. Le vol. . 3 50

Dérisoud (Ch.-J.). — Les petits crimes. 1 vol. in-18. . . . . 3 »

Désaugiers. — Chansons et Poésies. 1 vol. . . . . 3 »

Dictionnaire (Nouveau) en quatre langues, français-anglais-allemand-hollandais, et vice versâ, de 3,300 pages, en 2 vol. gr. in-8 . . . . 12 »

Dœring (H.). — Mozart, sa biographie et ses œuvres. 1 vol. in-18. . . . 1 25

Dora d'Istria (Mme la princesse). — Des Femmes, par une femme. 2 beaux vol. in-8 .... 10 »

Ellerman (Charles-F.) — L'amnistie, ou le duc d'Albe dans les Flandres, trad. de l'anglais. 2 vol. in-12 .... 2 »

Emerson (R.-W.). — Les Représentants de l'humanité. Traduction de l'anglais, par P. de Boulogne. 1 vol. Charpentier 3 50

— Les Lois de la vie. Traduction par Xavier Eyma. 1 vol. Charp. 3 50

— Traits et Caractères. 1 vol. Charpentier 3 50

Fauche (Hippolyte). — Le Râmâyana, poëme sanscrit de Valmiky, 2 vol. Ch. 7 »

Fould (fils). — Enfer des Femmes. 1 vol. in-12 .... 3 50

Fourdrain (aîné). — L'homme aux yeux de bœuf. Drame. 1 vol. ...... 1 »

— Le Médecin. Drame. 1 vol. .... 1 »

Ferrier. — La Russie. 1 vol. in-18 .... 1 »

Garcin (Mme Eugène). — Léonie, essai d'éducation par le roman, précédée d'une lettre de M. A. de Lamartine. 3e édit. 1 vol. Charpentier. 3 »

— Charlotte. 1 vol. in-12 .... 3 50

Gastineau (B.). — Sottises et Scandales du temps présent. 2e édition, revue et augmentée. 1 vol. in-18 .... 2 »

Gatti de Gamond (Mme). — Des devoirs des femmes et des moyens propres à assurer leur bonheur. 1 vol. in-18 .... 1 »

— Esquisses sur les femmes. 2 vol. in-18 .... 1 »

— Réalisation d'une commune sociétaire, d'après la théorie de Charles Fourier. 1 vol. in-8 .... 6 »

Genlis (Mme de). — Mademoiselle de Clermont — Cléomir. 1 vol. .... » 30

— Laurette et Julia. 1 vol. .... » 50

Gœthe. — Faust, tragédie, ornée du portrait de l'auteur. 1 vol. in-18. 3 »

Grattan (Thomas Colley). — L'Héritière de Bruges. 3 vol. .... 3 »

Guénot-Lecointe. — Le Cadet de Bourgogne. 1 vol. .... 1 »

— La dernière Croisade. 1 vol. .... 1 »

Galerie des femmes de George Sand, ornée de 24 magnifiques portraits sur acier gravés par H. Robinson, d'après les tableaux de Mme Geefs, MM. Charpentier, Lepaulle, Gaos-Claude, Giraldon, Lepoitevin, Riard, etc., avec un texte, par le bibliophile Jacob, illustré de vignettes dessinées par MM. Français, Nanteuil, Morel-Fatio, et gravées par Chevin. 1 vol. in-4 .... 20 »

Guillaume (J.). — Struensée, drame en 5 actes et en vers. 1 v. grand in-18. 1 »

Hédouin (A.). — Gœthe. Sa vie, ses œuvres et ses contemporains. ... 3 50

Heller (Robert). — Un Tremblement de terre. 2 vol. in-32 .... 3 »

Hope. — Histoire de l'architecture; traduit de l'anglais par A. Baron. 2e édit. 1 très-beau vol. in-8, accompagné d'un atlas de 90 pl. grav. . 12 »

Humboldt (A. de). — Correspondance avec Varnhagen von Ense et autres contemporains célèbres. Traduit par Max. Sulzberger. 1 beau et fort vol. in-12 .... 5 »

Hugo (Victor). — Les Misérables. 10 vol. in-8, belle édition de luxe. . 60 »

— Le même ouvrage, en 10 vol. in-12 .... 35 »

— William Shakespeare. 1 beau et fort volume in-8 .... 7 50

Hugo (Mme Victor). — Victor Hugo raconté par un témoin de sa vie (Mémoires). 6e édit. 2 vol. in-8 .... 15 »

Hugo (Charles). — Les Misérables, drame en 2 parties, en 12 tableaux, avec prologue et épilogue. Édition de luxe in-8 .... 4 »

— Le même ouvrage, édition in-12 .... 2 »

Jacquemont (Victor). — Correspondance avec sa famille et plusieurs de ses amis, pendant son voyage dans l'Inde (1828-1832). 2 vol. in-18. 4 »

Kennedy (Miss Grace). — Décision. 1 vol. in-18 .... 1 »

— Jessy Allan la Boiteuse. 1 vol. in-18 .... » 50

— Nouvelles protestantes. 2 vol. in-18 .... 2 »

— La Parole de Dieu. 1 vol. in-18 .... » 50

— Visite d'Andrew Camphell à ses cousins d'Irlande. 1 vol. in-18. » 50

Labarre (Louis). — Satires et élégies. 1 vol. . . . . 1 »
 — Montigny à la cour d'Espagne, drame en 5 actes, en prose. 1 v. in-12. 2 »
Lacroix (Albert). — Histoire de l'influence de Shakespeare sur le théâtre
  français, jusqu'à nos jours. 1 vol. grand in-8 . . . . 5 »
Lamartine (Alphonse de) — Shakespeare et son œuvre. 1 beau vol. in 8
  de 450 pages. . . . . 5 »
 — Portraits et biographies. 1 beau vol. in-8, contenant : William
   Pitt, lord Chatam, Mme Roland, Charlotte Corday. . . . . . . 5 »
 — Les grands hommes de l'Orient. 1 vol. in-8 contenant : Mahomet,
   Tamerlan, Zizim. . . . . 5 »
 — Les hommes de la Révolution. 1 vol. in-8 contenant : Danton, Ver-
   gniaud, Mirabeau. . . . . 5 »
 — Les civilisateurs et les conquérants. 2 vol. in-8 contenant : Solon,
   Périclès, Michel-Ange, Fables de l'Orient, Pierre le Grand, Ca-
   therine II, Murat. . . . . 10 »
 — Histoire de mon siècle. Mes Mémoires (Embrassant une galerie de
   portraits des Contemporains.) 6 vol. in-8 (en préparation). . . . » »
Lamennais (De). — Le Livre du Peuple . . . . 1 »
 — Les Paroles d'un Croyant . . . . 1 »
 — Amschaspands et Darvands. 1 vol. in-18 . . . . 1 »
 — De l'Absolutisme et de la Liberté (Dialoghetti). 1 vol. in-32 . . . . » 50
 — Affaires de Rome. 1 vol. in-18 . . . . 1 »
 — De l'Esclavage moderne. 1 vol. in-18 . . . . 1 »
 — OEuvres complètes. 2 vol. grand in-8. . . . . 32 »
La Véguay. — Inès de Montéja. 1 vol. . . . . 1 »
Laveleye (E. de). — Les Nibelungen, traduction nouvelle, précédée d'une
  étude sur la formation de l'épopée. 2e édition. 2 vol. Charpentier. . . 7 »
Leclercq (Emile). — Histoire de deux armurières. 1 vol. gr. in-18. . . . 3 50
Lerchy (Mme de). — Elvire Nanteuil. 1 vol. in-18. . . . . 1 25
Les Rivaux, imité de l'anglais. 3 vol. in-18. . . . . 3 75
Ligne (Prince de). — OEuvres, précédées d'une introduction, par Albert
   Lacroix. 4 beaux et forts vol. format Charpentier. . . . . 14 »
 — Mémoires, suivis de pensées et précédés d'une introduction. 1 vol.
   Charpentier. 3 50
Liedtz (Frédéric). — Après le couvre-feu. 2 vol. . . . . 2 »
Livre d'or des familles (Le) ou la Terre sainte, illustré de 58 planches re-
  haussées, dessinées par Haghe. 1 beau vol. in-8, orné de lettrines, de
  culs-de-lampe et d'une carte de la Palestine. . . . . 15 »
Lœbel. — Lettres sur la Belgique. Traduit de l'allemand. 1 vol. in-18 . . 1 »
Logé. — Dictionnaire des pensées, ou choix de pensées et de maximes
  extraites des meilleurs auteurs modernes. 1 vol. in-12. . . . . . . 3 »
Longfellow. — Hypérion et Kavanagh. 2 vol. in-12. . . . . 5 »
Lucas (H.). — Histoire philosophique et littéraire du théâtre français depuis son origine jusqu'à nos jours. 2e édition revue et augmentée.
  3 vol. format Charpentier. 10 50
Lussy (M.). — Réforme dans l'enseignement du piano. 1re partie : Exercices de piano dans tous les tons majeurs et mineurs, à composer et à
  écrire par l'élève, précédés de la théorie des gammes, dés modulations,
  du doigté, de la gamme harmonique, etc., et de nombreux exercices
  théoriques. In-8. . . . . 4 »
Marvel (Ik.). — Rêveries d'un Célibataire. 1 vol. Charpentier. . . . . . 3 »
Maudit (le), Roman en 3 vol. in-8, 10e édit. . . . . 15 »
Mayne Reid. — La Fête des Chasseurs, scènes du bivac. Traduction de
  l'anglais par O'Squarr Flor. 2 forts vol. in-32. . . . . 2 50
Michelet (J.).—La Sorcière. Nouvelle édition, revue et aug. 1 v. Charp. .
 — La Pologne martyre. — Russie-Danube. 1 vol. grand in-18 . . . . 3 50
Michiels (Alfred). — Névillac. 1 vol. . . . . 1 »
Millevoye. — Poëmes et poésies. 3 »

<hr>

LITTÉRATURE ET BEAUX-ARTS

Moke (H.-G.). — Du sort de la Femme dans les temps anciens et modernes. 1 vol. in-12. . . . . 2 »

Monnard et Gence. — Méditations religieuses, en forme de discours, pour toutes les circonstances et situations de la vie, d'après l'ouvrage allemand intitulé : Stunden der Andacht. 6 vol. in-8. . . . . 45 »

Moreau de la Meltière (Mme Charlotte). — Contes variés et tableaux de mœurs. 2 vol. . . . . 2 »

Noyer (Prosper). — Siméon, ou les Zingaris. Drame. 1 vol. . . . . 1 »

Pecchio. — Causeries d'un exilé sur l'Angleterre. Traduit de l'italien. 1 vol. in-18. . . . . 1 »

Pelletan (Eugène). — La Famille. In-8. — I. La Mère. — II. Le Père. — III. L'Enfant. 3 vol. in-8, chaque volume 5 fr.

Pellico (Silvio). — Mes prisons. Mémoires, précédés d'une introduction biographique de Pietro Maroncelli. Traduction par Léger Noël. 1 vol. in-18 avec cartes et fac-simile. . . . . 1 »

Pfyffer de Neueck. — Esquisses de l'île de Java et de ses divers habitants. 1 vol. in-18. . . . . 1 »

Photographies des Misérables de Victor Hugo, d'après les dessins de G. Brion. Collection complète, 25 sujets à. 1 25
Chaque scène ou type se vend séparément.

Pfau (Louis). — Études sur l'Art. 1 vol. in-8. . . . . 5 »

Potvin (C.). — La Belgique, poëme. 1 vol. in-12. . . . . 1 »

— Jacques d'Arteveld, drame historique en 3 actes en vers. Ouvrage couronné. 1 vol. in-18. . . . . 2 »

— Le Roman du Renard, mis en vers d'après les textes originaux, précédé d'une introduction et d'une bibliographie. 1 beau vol. Charpentier. 3 50

Poupart de Wilde (A.). — Anacréon et Sapho, suivis d'autres poésies grecques et latines, traduites en vers. 1 vol. grand in-18. . . . . . . 1 25

Rastoul de Mongeot. — Pétrarque et son siècle. 2 vol. . . . . 2 »

Racine. — Théâtre, 2 vol. ornés de treize vignettes. . . . . 6 »

Reade (Ch.), — Fatal Argent, roman, traduit de l'anglais. 2 vol. in-18. . . 7 »

Reiffenberg (De). — Histoire de l'ordre de la Toison d'or, depuis son origine jusqu'à la cessation des chapitres généraux. 1 vol. petit infolio, orné de planches coloriées. . . . . 25 »

— Résumé de l'histoire des Pays-Bas. 2 vol. in-18. . . . . 3 »

— Le Dimanche, récits de Marsilius Brunck. 1 vol. in-18. . . . . . . 1 »

— Le Lundi. Nouveaux récits de Marsilius Brunck. 1 vol. in-18. . . » 50

Religieuse (la). Roman en 2 vol. in-8. 10e édit. . . . . 10 »

Royer (Clémence-Aug.).—Les Jumeaux d'Hellas, roman. 2 vol. gr. in-16. 8 »

Saint-Génois (Jules de). — La cour du duc Jean IV. . . . . 2 »

— Hembyse. 3 vol. . . . . 3 »

— Histoire des avoueries en Belgique. 1 vol. in-8 . . . . 1 »

Santo-Domingo. — Tablettes romaines. 2 vol. . . . . 2 »

Séménow. — Un homme de cœur. 2 vol. in-32. . . . . 2 50

Siret (Adolphe). — Dictionnaire historique des Peintres de toutes les écoles, depuis l'origine de la peinture jusqu'à nos jours. 2e édit. revue et augmentée. 1 vol. in-8 à 2 col., de 1,000 à 1,200 pages. 30 »

— Gloires et misères. 2 vol. . . . . 2 »

Souvenirs d'Italie. 1 vol. in-8. . . . . 2 »

Staël (Mme de). — De l'Allemagne. 3 vol. in-18. . . . . 2 »

— Le même ouvrage. 4 vol. in-32. . . . . 1 »

— Considérations sur les principaux événements de la Révolution française. 3 vol. in-18. . . . . 2 »

— Le même ouvrage. 3 vol. in-8. . . . . 2 »

— Dix années d'exil. 1 vol. in-18. . . . . 1 »

— Le même ouvrage. 1 vol. in-8. . . . . 1 »

— Corinne ou l'Italie. 4 vol. in-32 avec portr. . . . . 4 »

LITTÉRATURE ET BEAUX-ARTS

Staël (Mme de) — Essais dramatiques. 1 vol. in-18 . . . . 1 »
— Le même ouvrage. 1 vol. in-8 . . . . 2 »
— Littérature. 1 vol. in-8 . . . . 2 »
— Mélanges. 1 vol. in-8 . . . . 2 »
— Morceaux divers. 1 vol. in-8 . . . . 2 »
— Notice sur le caractère et les écrits de Mme de Staël. — Lettres sur
    J.-J. Rousseau, 1 vol. in-8 . . . . 2 »
Sue (Œuvre d'Eugène). Plik et Plok. — Atar-Gull. 1 vol. in-18 . . . . . 1 »
— La Salamandre. 1 vol. in-18 . . . . 1 »
— La Coucaratcha. 1 vol. in-18 . . . . 1 »
— L'Envie, 1 vol. in-18 . . . . 1 »
— La Colère, la Luxure, 1 vol. in-18 . . . . 1 »
— La Paresse, la Gourmandise, l'Avarice, 1 vol. in-18 . . . . 1 »
— L'Orgueil. 2 vol. in-18 . . . . 2 «
— Les Mystères de Paris. 4 vol. in-18 . . . . 4 «
— Paula Monti. 1 vol. in-18 . . . . 1 «
— Latréaumont. 1 vol. in-18 . . . . 1 «
— Le commandeur de Malte. 1 vol. in-18 . . . . 1 »
— Thérèse Dunoyer. 1 vol. in-18 . . . . 1 «
— Le Juif Errant. 4 vol. in-18 . . . . 4 »
— Miss Mary. 1 vol. in-18 . . . . 1 »
— Mathilde, 4 vol. in-18 . . . . 4 »
— Deux Histoires. 1 vol. in-18 . . . . 1 »
— Arthur. 2 vol. in-18 . . . . 2 »
— La Famille Jouffroy. 3 vol. in-18 . . . . 3 »
— Le Morne-au-Diable. 1 vol. in-18 . . . . 1 »
— La Vigie de Koat-Ven. 2 vol. in-18 . . . . 2 »
— Les Enfants de l'Amour. 1 vol. in-18 . . . . 1 »
— Les Mémoires d'un Mari. 2 vol. in-18 . . . . 2 »
— Mlle de Plouërnel. 1 vol. in-18 . . . . 2 »
— Aventures d'Hercule Hardi. 1 vol. in-18 . . . . » 50
— Bonne Aventure (la). 4 vol. in-18 . . . . 2 »
— Deleytar. 2 vol. in-18 . . . . 1 »
— Fanatiques (les) des Cévennes. 3 vol. in-18 . . . . 1 50
— Fernand Duplessis, ou Mémoires d'un mari. 6 vol. in-18 . . . . . . 3 »
— Gilbert et Gilberte. 5 vol. in-18 . . . . 2 50
— Hôtel Lambert (l'). 2 vol. in-18 . . . . 1 »
— Marquise (la) Cornélia d'Alfi. 1 vol. in-18 . . . . » 50
— Martin l'enfant trouvé, 8 vol. in-18 . . . . 4 »
— Miss Mary. 2 vol. in-18 . . . . 1 »
— Mystères de Paris (les). 13 vol. in-18 . . . . 6 50
— Thérèse Dunoyer. 2 vol. in-18 . . . . 1 »
— Les Mystères de Paris. 4 vol. gr. in-18, format anglais, illus-
    trés de 48 vignettes gravées bois . . . . 10 »
— Juif Errant (le). 19 vol. in-32 . . . . 5 70
— Martin l'enfant trouvé. 8 vol. in-32 . . . . 2 40
Tennent (Emerson). — Notes d'un voyageur anglais sur la Belgique.
    2 vol. in-18 . . . . 1 »
Thyes (Félix). — Marc Bruno, avec une notice sur l'auteur, par Eugène
    Van Bemmel. 1 vol. in-18 . . . . » 50
Tollebi. — Le denier de saint Pierre. Comédie. 1 vol. in-18 . . . . . . 1 25
Van Bemmel. (Eug.). — De la langue et de la poésie provençales. 1 v. in-12. 2 »
Van Bemmel. — L'harmonie des passions humaines, fronton du théâtre
    de la Monnaie à Bruxelles, par E. Simonis. Notice avec gravure . . . . » 5
Vie de Rossini. 1 vol. in-18 . . . . 1 »
Vinet (A.). — Chrestomathie française, on choix de morceaux tirés des
    meilleurs écrivains français. 3 vol. petit in-8 . . . . 12 »

A. Lacroix, Verboeckhoven & Cie.

Chaque volume se vend séparément.

Vinet (A.). — 1re partie. Littérature de l'enfance. . . . .   4 »
  —   —   2e   —   Littérature de l'adolescence. . . . .   4 »
  —   —   3e   —   Littérature de la jeunesse et de l'âge mûr. . .   5 »
  — Résumé de l'histoire de la littérature française. 1 vol. in-18. . . .   1 »
Wacken (E.). — Le Siége de Calais, tragédie lyrique en 4 actes. 1 vol.
  in-18. . . . .   1 »
Wieland (C.-M.).—Musarion, ou la Philosophie des Grâces ; traduction de
  l'allemand par Poupart de Wilde. 1 vol. in-18. . . . .   1 25
Wiertz (A.). — Peinture mate. Procédé nouveau. 1 vol. in-8. . . . . .   1 »
Zschokke (Henri).—Lettres d'Islande ; traduction de l'allemand par Emile
  Tandel. 1 vol. in-18. . . . .   1 »

BIBLIOTHÈQUE DE LA CRITIQUE MODERNE
FORMAT CHARPENTIER, A 3 FR. 50 LE VOLUME

Assollant (A.) — Vérité ! Vérité ! 1 vol.
  — Pensées et Réflexions de Cadet
    Borniche. 1 vol.
  — Un Quaker à Paris. 1 vol.
Dollfus (Ch.)— Etudes sur l'Allemagne.
  1 vol. — De l'Esprit français et de
  l'Esprit allemand. 1 vol.
Castagnary. — Les Libres Propos. 1 v.

Montégut (Emile).—Essais de critique.
  Cinq séries. (En préparation.)
Morin (Frédéric). — Etudes d'histoire
  et de littérature. 1 vol.
Sauvestre (Ch.). — Mes Lundis. 1 vol.
Ulbach (L.). — Ecrivains et Hommes
  de lettres. 1 vol.
  — Causeries du Dimanche. 1 vol.

ROMANS — COLLECTION J. HETZEL & A. LACROIX

La collection Hetzel prendra à l'avenir, pour ce qui est roman, le titre de COLLECTION J. HETZEL ET A. LACROIX. Les livres nouveaux dont elle s'enrichira porteront cette désignation. Le double effort des deux maisons ne pourra que contribuer à augmenter la valeur de la collection.

A mesure que d'autres romans entreront dans la Collection, nous en publierons la liste.

BEAUX VOLUMES IN-18
BROCHÉS, A 3 FRANCS. — CARTONNÉS, A 3 FRANCS 50 C.

Alarcon. — Le Finale de Norma, traduction de Ch. Yriarte. . . . .   1 vol.
Andersen. — Nouveaux Contes suédois. . . . .   1 vol.
Assollant. — Aventures de Karl Brunner. . . . .   1 vol.
Audebrand. — Schinderhannes. . . . .   1 vol.
Bayeux (Marc). — La Sœur aînée. . . . .   1 vol.
Belloy (de). — Les Toqués.   1 vol.
Bernard (A. de). — Les Frais de la guerre. . . . .   1 vol.
Bertrand. — Les Mémoires d'un Mormon. . . . .   1 vol.
Biart (Lucien). — La Terre-Chaude. . . . .   1 vol.
Bosquet (Emile). — Louise Meunier. . . . .   1 vol.
Bréhat (De). — Les Jeunes Amours. . . . .   1 vol.
  — Histoires d'Amour. . . . .   1 vol.
  — Les Petits Romans. . . . .   1 vol.
  — Un Drame à Calcutta.   1 vol.
Champfleury. — Le Violon de faïence. . . . .   1 vol.
Cherville (De). — Histoire d'un Chien de chasse. . . . .   1 vol.
Colombey. — Histoire anecdotique du Duel. . . . .   1 vol.
  — L'Esprit des Voleurs.   1 vol.
  — Les Originaux de la dernière heure. . . . .   1 vol.
Delmas de Pont-Jest. — Bolino le Négrier. . . . .   1 vol.

Delmas de Pont-Jest. — Voyages du Fire-Fly. . . . . 1 vol.
Deltuf (Paul). — Mademoiselle Fruchet . . . . 1 vol.
  — Adrienne . . . . 1 vol.
  — La Femme incomprise . . . . 1 vol.
  — Les Femmes sensibles. . . . . 1 vol.
  — Jacqueline Voisin . . . . 1 vol.
  — La comtesse de Silva . . . . 1 vol.
Déquet. — Clarisse. . . . . 1 vol.
Ducom (Charles). — Nouvelles gasconnes. . . . . 1 vol.
Duranty. — La cause du beau Guillaume. 1 vol.
Eckermann et Charles. — Entretiens de Gœthe . . . . 1 vol.
Erckmann Chatrian. — Contes de la Montagne. . . . . 1 vol.
  — Maitre Daniel Rock . . . . 1 vol.
  — Contes des bords du Rhin. . . . . 1 vol.
  — Le Joueur de Clarinette. . . . . 1 vol.
  — Le Fou Yégof. . . . . 1 vol.
  — Madame Thérèse. . . . . 1 vol.
  — L'illustre docteur Mathéus. . . . . 1 vol.
  — Histoire d'un Conscrit de 1813. . . . . 1 vol.
Forgues (E.-D.). — Une Parque. — Ma Vie de garçon . . . . 1 vol.
  — Elsie Venner. . . . . 1 vol.
  — Gens de Bohême. . . . . 1 vol.
Frémy (Arnould). — Journal d'une jeune Fille pauvre . . . . 1 vol.
  — Les Amants d'aujourd'hui . . . . 1 vol.
  — Les Femmes mariées . . . . 1 vol.
  — Joséphin le Bossu. . . . . 1 vol.
Gastineau (B.). — Amours de Mirabeau. . . . . 1 vol.
  — Femmes de l'Algérie . . . . 1 vol.
Girardin (Mme de). — L'Esprit de Mme de Girardin. . . . . 1 vol.
Gozlan (Léon). — La Folle du n° 16. . . . . 1 vol.
  — Le Vampire du Val-de-Grâce. . . . . 1 vol.
  — Les Emotions de Polydore Marasquin. . . . . 1 vol.
Gonzalès (Don Manuel Fernandez y) et Yriarte.—La Dame de nuit, nou-
    velle espagnole . . . . 2 vol.
Grammont (De). — Les Gentilshommes riches. . . . . 1 vol.
  — Les Gentilshommes pauvres . . . . 1 vol.
Immermann, avec une préface par Nefftzer. — La Blonde Lisbeth. . . . 1 vol.
Janin (J.). — Contes non estampillés . . . . 1 vol.
Jobey (Ch.). — L'Amour d'une Blanche . . . . 1 vol.
Kingsley (R.-Ch.). — Alton Locke . . . . 3 vol.
Lacroix (Octave). — Padre Antonio. . . . . 1 vol.
Lancret (A.). — Les Fausses Passions. . . . . 1 vol.
Lavallée (Th.). — Jean-sans-Peur . . . . 1 vol.
Lever (Ch.). — O'Donoghue. Histoire d'une famille irlandaise . . . . . 2 vol.
Mané, Thécel, Pharès. — Histoire d'il y a vingt ans . . . . 1 vol.
Maret (Henri). — Tour du monde parisien . . . . 1 vol.
  — Les Compagnons de la Marjolaine . . . . 1 vol.
Mayne Reid. — Les Marrons de la Jamaïque. . . . . 2 vol.
Melville (Whyte). — L'Interprète. . . . . 2 vol.
Monnier (Marc). — Garibaldi. — Conquête des Deux-Siciles . . . . . . 1 vol.
Monnier (Henri). — La Religion des Imbéciles . . . . 1 vol.
Muller (Eug.). — La Mionette. 5e édition. . . . . 1 vol.
  — Madame Claude. . . . . 1 vol.
  — Contes rustiques . . . . 1 vol.
Olivier (Juste). — Le Batelier de Clarens . . . . 2 vol.
Paul (Adrien). — Les Duels de Valentin . . . . 1 vol.
  — Blanche Mortimer. . . . . 1 vol.
Perret (Paul). — Mademoiselle du Plessé. 1 vol.

Perret (Paul). — Dame Fortune . . . . 1 vol.
Pichat (Laurent). — Les Poëtes de combat . . . . 1 vol.
— Le Secret de Polichinelle . . . . 1 vol.
— Gaston . . . . 1 vol.
Poë (Edgar). — Contes inédits . . . . 1 vol.
Ponroy (Arthur). — Le Présent de Noces . . . . 1 vol.
Radiguet (Max). — Les Derniers sauvages . . . . 1 vol.
Richard (J.). — Un péché de Vieillesse . . . . 1 vol.
Robert (Adrien). — La Princesse Sophie . . . . 1 vol.
— Le Nouveau Roman comique . . . . 1 vol.
Robert Houdin. — Les Tricheries des Grecs. 2e édition . . . . 1 vol.
Rufini. — Découverte de Paris. Nouvelle édition . . . . 1 vol.
Sala (G.). — La Dame du premier. Traduction de l'anglais . . . . . . 2 vol.
Sand (G.). — Flavie. 3e édition . . . . 1 vol.
— Souvenirs et impressions littéraires . . . . 1 vol.
— Autour de la table . . . . 1 vol.
— Amours de l'Age d'Or . . . . 1 vol.
— Les Dames vertes. 3e édition . . . . 1 vol.
— Théâtre complet . . . . 3 vol.
— Promenade autour d'un village . . . . 1 vol.
— Les Beaux Messieurs de Bois-Doré . . . . 2 vol.
Scholl (Aurélien). — Histoire d'un Premier Amour . . . . 1 vol.
— Les Amours de Théâtre . . . . 1 vol.
— Aventures romanesques . . . . 1 vol.
Texier (Edmond). — Choses du Temps présent . . . . 1 vol.
Thiers. — Histoire de Law . . . . 1 vol.
Tourguénef. — Dimitri Roudine . . . . 1 vol.
— Une Nichée de Gentilshommes . . . . 1 vol.
Trois Buveurs d'eau. — Histoire de Mürger . . . . 1 vol.
Ulbach (L.). — Le Mari d'Antoinette. 2e édition . . . . 1 vol.
— Françoise. 2e édition . . . . 1 vol.
— Pauline Foucault. 3e édition . . . . 1 vol.
— Mémoires d'un inconnu . . . . 1 vol.
— Monsieur et Madame Fernel . . . . 1 vol.
— Suzanne Duchemin . . . . 1 vol.
— L'Homme aux cinq louis d'or . . . . 1 vol.
— Histoire d'une mère et de ses enfants . . . . 1 vol.
— Les Roués sans le savoir . . . . 1 vol.
— Voyage autour de mon clocher . . . . 1 vol.
— Le Prince Bonifacio . . . . 1 vol.
— Louise Tardy . . . . 1 vol.
— Le Parrain de Cendrillon . . . . 1 vol.
Vignon (Claude). — Jeanne de Mauguet . . . . 1 vol.
— Un Drame en province . . . . 1 vol.
— Les Complices . . . . 1 vol.
— Récits de la Vie réelle . . . . 1 vol.
— Victoire Normand . . . . 1 vol.
Villemot (Aug.). — La Vie à Paris. Précédée d'une Étude sur l'esprit
en France, par P.-J. Stahl . . . . 2 vol.
Wilkie Collins, Forgues. — La Femme en blanc. 4e édition . . . . . . 2 vol.
— Sans nom. 2e édition . . . . 2 vol.
— Une Poignée de romans . . . . 2 vol
Wailly (De) et **Carleton.** — Romans champêtres irlandais . . . . . . 2 vol.
Wood (Mme H.). — Lady Isabel. 2e édition . . . . 2 vol.
Zola (Emile). — Contes à Ninon . . . . 1 vol.

Les romans qui précèdent, ainsi que les nouveaux ouvrages qui paraîtront
successivement dans la Collection J. Hetzel et A. Lacroix, seront vendus brochés
à 3 fr. le vol., et cartonnés à l'anglaise, avec titres et écussons dorés, à 3 fr. 50 c.

15, Boulevard Montmartre, Paris.

EXTRAIT DU CATALOGUE DE MUSIQUE CLASSIQUE ALLEMANDE

ÉDITIONS A BON MARCHÉ

Œuvres complètes de Beethoven, revues par F. Liszt.
Tomes I et II.—Sonates pour piano, 36 cahiers, avec le portrait de Beethoven. Prix : 25 fr. — Tome III. Toutes les variations pour piano seul en 20 cahiers. Prix : 11 fr. — Tome IV. Toutes les autres compositions (Bagatelles, Rondeaux, Danses, Marches, etc.), pour piano à deux et à quatre mains, 23 cahiers. Prix : 11 fr. — Tome V. Tous les duos pour piano et violon, 14 cahiers en partition et avec les voix seules. Prix : 17 fr. — Tome VI. Tous les duos pour piano, 13 cahiers en partition et avec les voix seules. Prix : 18 fr. — Tome VII. Tous les trios pour piano, violon (clarinette) et violoncelle, 13 cahiers en partition et avec les voix seules. Prix : 18 fr. — Tome IX. Les « Lieder » pour une voix avec accompagnement du piano, revus par C. Geissler (paroles allemandes), 13 cahiers. Prix : 9 fr. — Tome X. Un Oratorio et deux Messes, en partition. Prix : 9 fr. — Tome XIV. Dix-sept Quatuor pour deux violons, alto et violoncelle, 10 cahiers en partition et parties.
Neuf symphonies pour piano à deux mains, 15 fr. 25 c. Arrangées par F.-W. Markull.
Jean-Sébastien Bach. — Œuvres choisies pour piano, 4 vol. prix : 33 fr.
Muz Clementi. — Sonates originales pour le piano, 4 vol. Prix : 40 fr.

Joseph Haydn. — Toutes ses compositions pour piano.
Douze des plus belles Symphonies pour piano à deux ou à quatre mains, arrangées par H. Enke.
W.-A. Mozart. — Œuvres complètes révisées par H.-W. Stolze. Vol. II et III. Toutes les compositions pour piano seul et à quatre mains. Prix : 24 fr. — Vol. III. 18 sonates pour piano et violon. Prix : 13 fr. — Vol. IV, 9 trios pour piano, violon et violoncelle. Prix : 10 fr. 50 c.
Quinze Symphonies pour piano à deux mains. 11 fr. A quatre mains, 17 fr. Arrangées par F.-W. Markull.
Charles Maria de Weber. — Édition revue et corrigée par H.-W. Stolze. 2 vol. avec biographie et portrait. Prix : 30 fr.
Anton Diabelli. — Œuvres choisies en 7 cahiers. — Prix : 8 fr. 60.
J.-L. Dussek. — Œuvres choisies pour piano à deux et à quatre mains, 19 cahiers. Prix : 12 fr.
Fr. Kulhau. — Œuvres choisies pour piano à deux et à quatre mains. Prix : 7 fr. 50.
Collection d'Ouvertures pour piano à deux et à quatre mains.
Opéras en partition de piano : de Mozart, Cimarosa, Méhul, Rossini, Beethoven, Bellini, Weber, etc., etc.

TOUS CES MORCEAUX SONT MARQUÉS PRIX NET ET SANS REMISE.

THÉATRE

George Sand. — Théâtre complet. 3 vol. gr. in-18 . . . . 9 «

Louis Ulbach et Crisafulli. — M. ET Mme FERNEL, comédie en quatre actes. 1 vol. in-18 . . . . 2 »

Jules Guilliaume. — STRUENSÉE, drame en cinq actes et en vers. 1 vol. in-18. 1 25

Louis Labarre. — MONTIGNY A LA COUR D'ESPAGNE. drame en cinq actes. 1 vol. in-18 . . . . 2 »

Tollebi. — LE DENIER DE SAINT-PIERRE, comédie en cinq actes. 1 vol. in-18. 1 25

Ch. Potvin. — JACQUES D'ARTEVELD, drame historique en trois actes et en vers. 1 vol. in-18 . . . . 2 »

Goethe. — FAUST, tragédie, ornée du portrait de l'auteur. 1 vol. in-18 . . . . 3 »
— Le même ouvrage, orné de 26 gravures . . . . 5 »

Édouard Wacken. — LE SIÉGE DE CALAIS, tragédie lyrique en trois actes. 1 vol. in-18 . . . . 1 »

Ch. Hugo. — LES MISÉRABLES, drame en deux parties et douze tableaux, avec prologue et épilogue. Édition de luxe. in-8 . . . . 4 »
— Le même ouvrage. Édition in-12 . . . . 2 »

Racine. — THÉATRE. 2 vol. in-32, édition diamant, ornés de 13 vignettes . . . . 6 »

Mme de Staël. — ESSAIS DRAMATIQUES. 1 vol. in-18 . . . . 1 »
— Le même ouvrage. 1 vol. in-8 . . . . 2 »

Chateaubriand. — MOISE, tragédie. 1 vol. in-18 . . . . » 50

Victor Joly. — JACQUES D'ARTEVELD, drame, précédé de chroniques intéressantes sur l'histoire des Flandres au XIVe siècle. 1 vol. in-18 . . . . » 50

Fourdrain aîné. — L'HOMME AUX YEUX DE BŒUF, drame, 1 vol. . . . . . . 1 »
— LE MÉDECIN, drame 1 vol. . . . . 1 »

A. Lacroix, Verboeckhoven et Cᵒ.

OUVRAGES ILLUSTRÉS DE MAGNIFIQUES GRAVURES SUR ACIER

FORMAT GRAND IN-8° JÉSUS

Alexandre Dumas. — Les Crimes célèbres. 8 vol. illustrés de 32 gravures. Prix du vol. : 4 fr.

Alboize et Auguste Maquet. — Histoire de la Bastille. 8 vol. illustrés de 32 gravures sur acier. Prix du vol. : 4 fr.

— Les Prisons de l'Europe. 8 vol. illustrés de 32 gravures. Prix du volume : 4 fr.

C. Mocquard, chef du cabinet de l'Empereur. — Les Causes célèbres. 6 vol. illustrés de 250 gravures. Prix du vol. : 4 fr.

Maurice La Châtre. — Histoire des Papes ; crimes. meurtres, empoisonnements, adultères, incestes des Pontifes romains depuis saint Pierre jusqu'à nos jours. 10 vol. illustrés de 50 gravures. Prix du vol. : 5 fr.

Eugène Sue. — Les Mystères de Paris. 2 vol. illustrés de 8 gravures. Prix du vol. : 4 fr.

— Le Juif Errant. 2 vol. illustrés de 8 gravures. Prix du vol. : 4 fr.

— Les Misères des enfants trouvés. 4 vol. illustrés de 16 gravures. Prix du vol. : 4 fr.

Anquetil. — Histoire de France. — **L. Vivien.** — Histoire de la Révolution. — **Sarrans.** — Histoire de la révolution de Février 1848. 10 vol. illustrés de 50 gravures. Prix du vol. : 5 fr.

Walter Scott. — OEuvres complètes. 25 vol. illustrés de 100 gravures. Prix du vol. : 4 fr.

Buffon. — OEuvres complètes. 20 vol. illustrés de 100 gravures noires et coloriées. Prix du vol. : 4 fr.

Beecher-Stowe. — La Case de l'oncle Tom. 1 vol. illustré. Prix : 4 fr.

— L'Esclave blanc. 1 vol. illustré. Prix : 4 fr.

Docteur Mure. — Le Médecin du Peuple : L'Homopathie vulgarisée dans les familles. 1 vol. in-18. Prix : 1 fr.

Alexandre Dumas. — Les Crimes célèbres. 4 vol. grand in-18. Prix du vol. : 2 fr.

LES MISÉRABLES

PAR

VICTOR HUGO

ÉDITION POPULAIRE ILLUSTRÉE DE 200 DESSINS DE BRION

100 Livraisons, chacune de 8 pages, illustrée de 2 gravures, à 10 cent. la livraison.

10 Séries brochées, chacune comprenant 10 livraisons, soit 80 pages de texte avec 16 gravures.

Prix de la série avec couverture : 1 fr. 10 cent.

Maurice La Châtre. — Dictionnaire français illustré, Panthéon littéraire. Encyclopédie des Arts et Métiers. 2 vol. illustrés de 1,000 gravures. Prix de chaque vol. : 5 fr. — L'ouvrage est divisé en 100 livraisons. Prix de la livraison : 10 centimes.

— Le Dictionnaire des Écoles. 2 vol. in-18. Prix du vol. : 1 fr.

15, boulevard Montmartre, Paris.

Le Dictionnaire universel, Panthéon littéraire et Encyclopédie illustrée ; par Maurice La Châtre avec le concours de savants, d'artistes et d'hommes de lettres, et d'après les travaux de Casimir Henricy. — Chateaubriand. — Béranger. — Guizot. — Thiers. — P.-J. Proudhon. — Lamennais. — Bescherelle. — George Sand. — Eugène Sue. — Michelet. — Orfila. — Victor Hugo. — Villemain. — A. Hébrard. — J.-B. Say. — Edgard Quinet. — François Santallier. — Legras. — Louis Blanc. — Eugène Pelletan. — Raspail. — F. Pyat. — Cousin. — Sarrans. — Nodier. — Sismondi. — Le P. Lacordaire. — Ledru-Rollin. — Fourier. — Bosselet. — Melvil Bloncourt. — L'abbé Mercelli. — Allan Kardec. — Lachambaudie. — A. Dumas. — Pierre Dupont, etc., etc.

Deux magnifiques volumes grand in-4 à trois colonnes, illustrés d'environ 2,000 sujets gravés sur bois, intercalés dans le texte. — Deux livraisons par semaines. — 10 centimes la livraison.

Chaque livraison contient 100,000 lettres, c'est-à-dire la matière d'un demi-volume in-8, et un grand nombre de gravures intercalées dans le texte. — L'Ouvrage aura 200 livraisons par volume, qui seront publiées dans une période de deux ans.

Cette œuvre, la plus gigantesque des entreprises littéraires de notre époque, renferme l'analyse des 400,000 volumes qui existent dans les bibliothèques nationales, et peut être considérée à bon droit comme le plus vaste répertoire des connaissances humaines qui soit au monde.

Le DICTIONNAIRE UNIVERSEL est le plus exact, le plus complet et le plus progressif de tous les Dictionnaires, le seul qui embrasse dans ses développements tous les Dictionnaires spéciaux.

Le dictionnaire de la langue usuelle.
Le dictionnaire de la langue littéraire.
Le dictionnaire de la langue poétique.
Le dictionnaire des synonymes.
Le dictionnaire du vieux langage.
Le dictionnaire des difficultés grammaticales.
Le dictionnaire des voyages.
Le dictionnaire infernal, de cabalistique et des sciences occultes.
Le dictionnaire de l'argot et de la gaie science.
Le dictionnaire des arts et métiers.
Le dictionnaire fantastique, de magie, de sorcellerie, de nécromancie, de cartomancie et de chiromancie.
Le dictionnaire des manufactures.
Le dictionnaire de la théologie.
Le dictionnaire de l'industrie.
Le dictionnaire de la télégraphie électrique.
Le dictionnaire de l'astronomie.
Le dictionnaire du magnétisme.
Le dictionnaire des dames.
Le dictionnaire des modes.
Le dictionnaire de l'amour et de la galanterie.
Le dictionnaire des légendes, traditions et anecdoctes.
Le dictionnaire des mœurs et coutumes.
Le dictionnaire des merveilles de la nature.
Le dictionnaire de la médecine.
Le dictionnaire des chemins de fer.
Le dictionnaire de la pharmacie.
Le dictionnaire de l'homœopathie.
Le dictionnaire des beaux-arts.
Le dictionnaire des idées philosophiques et humanitaires.
Le dictionnaire des sciences.
Le dictionnaire de la pénalité.
Le dictionnaire de l'agriculture.
Le dictionnaire du commerce et des marchandises.
Le dictionnaire des sciences mathématiques.
Le dictionnaire de la mythologie.
Le dictionnaire des antiquités.

Le dictionnaire des religions, des sectes et des hérésies.
Le dictionnaire de la législation.
Le dictionnaire des anciennes coutumes.
Le dictionnaire de jurisprudence.
Le dictionnaire de la féodalité.
Le dictionnaire de la finance.
Le dictionnaire des codes.
Le dictionnaire des offices publics et de l'enregistrement.
Le dictionnaire du notariat et des hypothèques.
Le dictionnaire des lois et des décrets.
Le dictionnaire des maires.
Le dictionnaire de la conversation.
Le dictionnaire des villes et communes.
Le dictionnaire historique et biographique.
Le dictionnaire de la chasse.
Le dictionnaire des victoires et conquêtes.
Le dictionnaire de la pêche.
Le dictionnaire de la marine.
Le dictionnaire de la géographie.
Le dictionnaire des ponts et chaussées.
Le dictionnaire de la mécanique.
Le dictionnaire de la physique.
Le dictionnaire de la chimie.
Le dictionnaire du ménage, de l'office et de la cuisine.
Le dictionnaire de l'histoire naturelle.
Le dictionnaire des monnaies.
Le dictionnaire des poids et mesures.
Le dictionnaire de l'économie politique.
Le dictionnaire du blason.
Le dictionnaire des jeux et divertissements.
Le dictionnaire de la franc-maçonnerie.
Le dictionnaire des inventions.
Le dictionnaire des hommes utiles.
Le dictionnaire de la santé et de l'hygiène domestique.
Le dictionnaire des fêtes et cérémonies chez tous les peuples.
Etc., etc, etc.

A. Lacroix, Verboeckhoven & Cie.

BIBLIOTHÈQUE DE LA CRITIQUE MODERNE

Format Charpentier à 3 fr. 50 le volume.

Alfred Assolant. — VÉRITÉ! VÉRITÉ! 1 vol.
— PENSÉES ET RÉFLEXIONS DE CADET BORNICHE. 1 vol.
— UN QUAKER A PARIS. 1 vol.
Castagnary. — LES LIBRES PROPOS. 1 vol.
Ch. Dollfus. — ÉTUDES SUR L'ALLEMAGNE. 1 vol.
Mme de Girardin. — L'ESPRIT DE Mme DE GIRARDIN 1 vol. in-18.
Frédéric Morin. — ÉTUDES D'HISTOIRE ET DE LITTÉRATURE, 1 vol.
Mané, Thécel, Pharès. — HISTOIRES D'IL Y A VINGT ANS. 1 vol in-18.
Pichat (Laurent). — LES POËTES DE COMBAT. 1 vol. in-18.
George Sand. — SOUVENIRS ET IMPRESSIONS LITTÉRAIRES. 1 vol. in-18.
— AUTOUR DE LA TABLE. 1 vol.-in 18.
Ch. Sauvestre. — MES LUNDIS. 1 vol.
Texier (Edmond). — CHOSES DU TEMPS PRÉSENT. 1 vol. in-18.
Louis Ulbach. — ÉCRIVAINS ET HOMMES DE LETTRES. 1 vol.
— CAUSERIES DU DIMANCHE. 1 vol.
Villemot. — LA VIE A PARIS. — Étude sur l'esprit en France par P. J. Stahl. 1 vol. in-18,

---

Émerson. — LES REPRÉSENTANTS DE L'HUMANITÉ. 1 vol. 3 50
— LES LOIS DE LA VIE. 1 vol. 3 50
Œuvres du Prince de Ligne. — 4 vol. in-18. . . . . 14 »
Mémoires du Prince de Ligne. — 1 vol. in 18. . . . . 3 50
Hippolyte Lucas. — HISTOIRE PHILOSOPHIQUE ET LITTÉRAIRE DU THÉÂTRE
FRANÇAIS, DEPUIS SON ORIGINE JUSQU'A NOS JOURS. 3 vol. 10 50
Guillaume Schlegel. — COURS DE LITTÉRATURE DRAMATIQUE. 2 vol.
grand in-18. . . . . 7 »
Albert Lacroix. — HISTOIRE DE L'INFLUENCE DE SHAKSPEARE SUR LE THÉÂTRE
EN FRANCE JUSQU'A NOS JOURS. 1 vol. in 8. . . . . 5 »

Chateaubriand. — ESSAI SUR LA LITTÉRATURE ANGLAISE. 2 vol. in-18. . 2 »
— MÉLANGES ET POÉSIES. 1 vol. in-32. . . . . » 50
— MÉLANGES LITTÉRAIRES. 1 vol in-32. . . . . » 50
Benjamin Constant. — MÉLANGES DE LITTÉRATURE ET DE POLITIQUE.
1 vol. in-18. . . . . 1 »
Mme de Staël. — DE L'ALLEMAGNE. 3 vol. in-18. . . . . 2 »
— LITTÉRATURE. 1 vol. in-8. . . . . 2 »
— MÉLANGES. 1 vol. in-8. . . . . 2 »
— MORCEAUX DIVERS. 1 vol. in-8. . . . . 2 »
Prescott. — ESSAIS ET MÉLANGES HISTORIQUES ET LITTÉRAIRES. 2 vol. in-8. . 10 »

BROCHURES

Jules Simon. — Discours sur les Instituteurs. In-32. . . . . » 10
— La Loi sur les Coalitions. In-32. . . . . » 10
Pelletan. — Les Fêtes de l'Intelligence. 1 vol. in-8. . . . . 1 »
Les Jésuites et le Procès de Buck. 1 vol. in-18. . . . . » 75
Bosselet. — La Liberté ajournée. 1 vol. in-18. . . . . 1 »
Demeur. — L'Expédition belge au Mexique. 1 vol. in-18. . . . . » 75
Prescott. — Don Carlos. Sa vie et sa mort. 1 vol. in-8. . . . . . 2 »
— Vie de Charles Quint à Yuste. 1 vol. in-8. . . . . 2 50
— Christophe Colomb. 1 vol. in-8. . . . . 1 50

15, boulevard Montmartre, Paris.

COLLECTION DES GRANDES ÉPOPÉES NATIONALES

Valmiki.—Le Râmâyana, poëme traduit du sanscrit par H. Fauche. 2 vol. in-18 . . . . 7 »

Les Nibelungen, poëme traduit de l'allemand par Emile de Laveleye. 1 vol. in-18 . . . . 3 50

Le Roman du Renard, mis en vers d'après les textes originaux, par Ch. Potvin. 1 vol. in-18 . . . . 3 50

Les Chants populaires de l'Italie, traduction de l'italien de Cazelli. 1 vol. in-18 . . . . 3 50

Milton. — Le Paradis perdu, traduction de l'anglais par Chateaubriand. 2 vol. in-18 . . . . 2 »

L'Edda, traduction du poëme scandinave par Emile de Laveleye. 1 vol. in-18 . . . . 3 50

Kalidasâ. — OEuvres, comprenant le drame de Çacountala, traduction de l'indien par H. Fauche. 1 vol. in-18 . . . . 3 50

SOUS PRESSE :

Ernest Hamel. — Histoire de Robespierre. 3 vol. in-8, à 7 fr. 50 le vol.

A. Bougeart. — Marat. Sa Vie et ses OEuvres. 2 vol. in-8, 10 fr.

G. Avenel. — Anacharsis Cloots (l'Orateur du genre humain). 2 vol. in-8, à 6 fr. le vol.

A. Hebrard. — Les Classiques de la Révolution. In-8, à 5 fr. le vol.

> A. OEuvres de Mirabeau. 1 vol.
> B. OEuvres de Danton.
> C. OEuvres de Robespierre.
> D. OEuvres de Marat.
> E. OEuvres de Camille Desmoulins.
> F. OEuvres de Saint-Just.

Alfred Michiels. — Histoire de la Peinture flamande et hollandaise. 6 beaux vol. in-8 à 5 fr. le vol.

Gustave Flourens. — La Science de l'Homme. 2 vol. in-18. 7 fr.

Le Jésuite, par l'abbé ***, auteur du *Maudit* et de *la Religieuse.* 2 vol. in-8, 10 fr.

ROMANS A 3 FR. LE VOLUME

SOUS PRESSE :

Bréhat (A. de)—Les Chemins de la vie.
Dickens (Charles). — Nouveaux Contes de Noël.
Dash (Comtesse)—Mémoires des autres
Kingsley (R.-Charles)—Vive l'Occident!
Miss Braddon.—La bande noire. 2 vol.
— Le Lis de la Louisiane. 2 vol.
— Le Fantôme blanc. 2 vol.
— L'Ouvrière. 2 vol.

Miss Braddon. — Oscar Bertrand.
Melville (Whyte).—Propre à rien. Traduit de l'anglais.
Tourguénef. —Dernières nouvelles.
Thackeray (W.-M.). — Les Aventures de Philippe.
— Les Newcomes.
— Les Virginiens.
Zschokke (H.).—Contes inédits.

ŒUVRES DES GRANDS AUTEURS FRANÇAIS CONTEMPORAINS

ÉDITION IN-8 CAVALIER

Victor Hugo. — Les Misérables. 10 vol. in-8 . . . . 0 »
— William Shakespeare. 1 vol. in-8 . . . . 7 50
Alph. de Lamartine. — La France parlementaire (1830-1851).
     Discours, écrits politiques. 6 beaux et forts vol. in-8. . . . 36 »
— Shakespeare et son œuvre. 1 vol. in-8. . . . . 5 »
— Portraits et Biographies (William Pitt, lord Chatham, Madame
     Roland, Charlotte Corday). 1 vol. in-8. . . . . 5 »
— Les Hommes de la Révolution (Mirabeau, Vergniaud, Danton).
     1 vol. in-8 . . . . 5 »
— Les Grands Hommes de l'Orient (Mahomet, Tamerlan, Zizim).
     1 vol. in-8 . . . . 5 »
— Civilisateurs et Conquérants (Solon, Périclès, Michel-Ange,
     Fables de l'Inde, Pierre le Grand, Catherine II, Murat).
     2 vol. in 8 . . . . 10 »
Jules Simon. — L'Ecole. 1 vol. in-8. . . . . 6 »
Eugène Pelletan. — La Famille. I. La Mère. 1 vol. in-8. . . . 5 »
                      II. Le Père. 1 vol. in-8. . . . 5 »
                      III. L'Enfant. 1 vol. in-8 . . . 5 »
Edgar Quinet. — La Révolution. 2 vol. in-8. . . . . 15 »
Louis Blanc. — Lettres sur l'Angleterre. 2 vol. in-8. . . . . . 12 »
— Les Salons du XVIIIe siècle. 2 vol. in-8. . . . . 12 »
Victor Hugo raconté par un témoin de sa vie. 2 vol.
     in-8 . . . . 15 »
Lamennais (Œuvres) de. 2 vol. gr. in-8 à 2 colonnes. . . . . 32 »

ÉDITION IN-18 JÉSUS

Michelet. — La Sorcière. 1 vol. in-18. . . . . 3 50
— La Pologne martyre. 1 vol. in-18. . . . . 3 50
George Sand (Œuvres de). — Flavie. 1 vol . . . . 3 »
— Les Amours de l'Age d'or. 1 vol . . . . 3 »
— Les Dames Vertes. 1 vol. . . . . 3 »
— Les Beaux Messieurs de Bois-Doré. 2 vol. . . . . 6 »
— Promenade autour du village. 1 vol. . . . . 3 »
— Souvenirs et Impressions littéraires. 1 vol. , ... 3 »
— Autour de la table. 1 vol. . . . . 3 »
— Théâtre complet. 3 vol. . . . . 9 »
Eugène Sue (Œuvres d'). 37 vol. gr. in-18 à 1 fr.
— Œuvres diverses. 49 vol. petit in-18 à 50 cent. le volume.
Frédéric Soulié. — Œuvres diverses. Romans. 66 volumes in-18 à 50 c.
     le volume.

BEAUX IN-18 BROCHÉS A 3 FR. 50

Proudhon. — La Guerre et la Paix. . . . . 1 vol.
— Théorie de l'impôt. . . . . 1 vol.

A. Lacroix, Verboeckhoven et Cᵉ

ŒUVRES

DU

PRINCE DE LIGNE

précédées

D'UNE INTRODUCTION PAR ALBERT LACROIX

4 beaux et forts vol. in-18. 14 fr.

Les œuvres du prince Charles de Ligne, dont le nom est si connu, dont la réputation littéraire est si bien établie dans tous les pays d'Europe et qui partout a laissé des traces si profondes de son aimable esprit, de sa finesse d'observation, de sa conversation vive et enjouée, les œuvres du prince de Ligne n'existent que dans très-peu-de bibliothèques.

Le public se trouvait privé, par cette rareté, du plaisir de lire ce charmant écrivain, qui le dispute aux plus spirituels des humouristes que la langue française ait produits.

La variété si grande des écrits du prince les fait convenir à toutes les classes de la société.

Mélanges historiques, mélanges littéraires, mélanges philosophiques, mélanges militaires, romans, contes, mémoires divers sur la Pologne, sur les Juifs, sur les Crétins, — le fameux *mémoire pour le comte de Bonneval,* — *mémoire pour les Grecs,* — *portraits, caractères et fantaisies,* — *pensées* aussi fines que vives et spirituelles, — *réflexions sur les femmes,* — *correspondance* aussi piquante qu'enjouée, — *lettres aux principaux souverains* de l'Europe : Catherine, Joseph II, etc., etc., — *dialogues,* — *études critiques,* — *poésies,*

— *comédies*, — *voyages*, — tous les sujets se croisent dans ses œuvres; tous les tons y alternent, le sérieux et le frivole; tous les genres y sont représentés, le léger et le grave, dans le plus charmant désordre, comme le prince l'aimait tant.

Les célèbres *Lettres de Crimée*, qui décrivent cette contrée aujourd'hui illustrée, — les *Lettres sur la dernière guerre des Turcs*, l'*Histoire de la guerre de Trente ans*, les *Mémoires sur Frédéric II de Prusse*, la *Vie de Catherine le Grand*, comme il la surnomma si ingénieusement et comme l'histoire l'appelle encore, — les *Considérations sur la Révolution française*, alternent avec le *Coup d'œil sur les principaux jardins d'Europe*, le *Coup d'œil sur Belœil*, le *Règne du grand Selrahcengil*, le *Mémoire sur Paris*, idéal que le prince rêvait dès lors pour cette belle capitale.

Enfin viennent les *Mémoires* de ce grand seigneur, homme de lettres, aussi réputé pour son caractère chevaleresque et pour son noble cœur que pour son talent littéraire et le rôle éclatant qu'il joua sur la scène de la politique européenne, comme soldat et comme diplomate.

On voudra lire encore le plaidoyer si piquant intitulé : *Mémoire pour mon cœur accusé*, et ses *Entretiens avec Voltaire et Rousseau*, qui dépeignent ces deux grands hommes, et les *Lettres à Eulalie sur les théâtres de société*; l'on trouvera à glaner plus d'une perle dans ses *pensées diverses* qu'il intitule : *Mes écarts ou Ma tête en liberté*.

MÉMOIRES

DU

PRINCE DE LIGNE

Suivis de Pensées

ET PRÉCÉDÉS

D'UNE INTRODUCTION PAR ALBERT LACROIX

1 vol. in-18, 3 fr. 50 c.

DICTIONNAIRE HISTORIQUE

DES

de toutes les écoles

DEPUIS L'ORIGINE DE LA PEINTURE JUSQU'A NOS JOURS

CONTENANT

1° Un abrégé de l'histoire de la peinture chez tous les peuples
2° Des tableaux synoptiques présentant la nomenclature des peintres par ordre chronologique, par écoles, etc.
3° La biographie des peintres par ordre alphabétique avec désignation d'école
4° L'indication de leurs principaux tableaux avec désignation des lieux où ils se trouvent
5° La caractéristique de leur style et de leur manière
6° Le prix auquel ont été vendus, dans les ventes célèbres des trois derniers siècles y compris le dix-neuvième, les tableaux principaux
7° Six cents monogrammes environ des principaux peintres

PAR

ADOLPHE SIRET

MEMBRE CORRESPONDANT DE L'ACADÉMIE ROYALE DE BELGIQUE
DE L'ACADÉMIE IMPÉRIALE DE REIMS
DE L'ACADÉMIE D'ARCHÉOLOGIE DE MADRID, ETC.

1 magnifique vol. in-8 à 2 colonnes, de 1,000 à 1,200 pages.

DEUXIÈME ÉDITION

Revue et considérablement augmentée.

CONDITIONS DE LA SOUSCRIPTION

L'ouvrage sera publié en 12 livraisons, chacune d'environ 90 pages gr. in-8 à deux colonnes. L'ouvrage complet coûtera TRENTE FRANCS et formera un magnifique volume soigneusement exécuté. — Il est tiré pour les amateurs un petit nombre d'exemplaires de luxe sur grand et fort papier vergé. Le prix en sera de 60 francs pour les souscripteurs.

VICTOR HUGO

RACONTÉ

PAR UN TÉMOIN DE SA VIE

AVEC ŒUVRES INÉDITES DE VICTOR HUGO

ENTRE AUTRES, UN DRAME

INEZ DE CASTRO

La personne qui a écrit *Victor Hugo raconté par un témoin de sa vie* peut dire qu'elle a été le témoin de la vie de notre grand poëte. Elle a été mêlée à toute son existence, de son adolescence à son exil; elle l'a connu dès les Feuillantines et elle l'a suivi jusqu'à Guernesey.

Cette biographie de l'auteur des *Misérables*, écrite avec une sincérité que les lecteurs apprécieront et avec un talent d'une délicatesse et d'un charme plus que rares, raconte Victor Hugo tout entier, son enfance, son éducation, ses luttes, les représentations si orageuses de ses drames et leurs répétitions qui ne l'ont pas été moins, ses relations avec tous les hommes célèbres de ce siècle, etc. Elle dit sa vie intérieure comme sa vie publique, le fils, le mari, le père et l'ami comme l'écrivain et l'orateur.

Les faits auxquels l'auteur n'a pas assisté personnellement lui ont été racontés par M. Victor Hugo lui-même, qui a bien voulu lui communiquer des documents et des lettres du plus haut intérêt.

M. Victor Hugo a fait plus pour l'auteur : il lui a donné des œuvres inédites, prose, vers, odes, élégies, contes, traduction de Virgile, récits de voyage, etc., et, ce qui suffirait à la fortune de notre livre, tout un drame, en trois actes et en deux intermèdes, *Inez de Castro*.

VICTOR HUGO RACONTÉ

PAR UN TÉMOIN DE SA VIE

forme deux beaux vol. in-8°, imprimés avec le plus grand luxe par J. Claye
sur beau papier cavalier vélin, glacé et satiné.

— Prix : 15 francs. —

Il a été fait un tirage exceptionnel de 50 EXEMPLAIRES D'AMATEUR
sur très-beau papier vélin vergé.— Prix : 20 fr.

COLLECTION

DES

GRANDS HISTORIENS

CONTEMPORAINS

De l'Amérique, l'Angleterre, l'Allemagne, &c., &c.

Format in-8 à 5 fr. le volume.

Cette collection comprend les ouvrages des quatre grands historiens américains de notre époque : BANCROFT, MOTLEY, PRESCOTT, WASHINGTON IRVING.

Parmi les Allemands, nous citerons : GERVINUS, HERDER, MOMMSEN (*Histoire romaine*).

La série des historiens anglais s'ouvrira par l'*Histoire grecque*, de G. GROTE.

Un soin tout particulier est donné tant au choix des ouvrages qui entreront dans cette collection importante, qu'à la traduction et à l'exécution matérielle des volumes.

Plusieurs ouvrages sont en préparation.

Les historiens dont la réputation est consacrée et dont les œuvres offrent un intérêt général, figureront seuls dans cette grande collection.

ŒUVRES COMPLÈTES

DE

W. H. PRESCOTT

Histoire du règne de Philippe II, traduite de l'anglais par G. RENSON et P. ITHIER. 5 beaux vol. in-8. Prix : 5 fr. le volume.

Histoire de la conquête du Pérou. 3 vol. in-8. 15 fr.

Histoire de la conquête du Mexique. 3 vol. in-8. 15 francs.

Histoire de Ferdinand et d'Isabelle. 4 vol. in-8. 20 francs.

Don Carlos. *Sa vie et sa mort.* 1 vol. in-8. 2 francs.

Essais et mélanges historiques et littéraires. 2 vol. in-8. 10 francs.

Vie de Charles-Quint à Yuste. 1 vol. in-8. 2 fr. 50 c.

Christophe Colomb. 1 vol. in-8. 1 fr. 50 c.

Prescott, que la mort vient d'enlever à son pays et à l'histoire, avait pris rang, dès son vivant, parmi les plus grands et les premiers historiens modernes.

A peine si ce siècle, à peine si l'Europe compte plus de deux ou trois noms à lui opposer.

On l'a appelé avec raison le Thucydide moderne.

Il en a la netteté, la profondeur pratique d'esprit, la sobriété de manière, l'ampleur sévère de la forme.

Prescott, plus connu chaque jour et plus étudié, rencontre chaque jour aussi plus d'appréciateurs de son talent, plus d'admirateurs de ses œuvres.

ŒUVRES COMPLÈTES

DE

GEORGE BANCROFT

HISTOIRE

DES

ÉTATS-UNIS

DEPUIS LA DÉCOUVERTE DU CONTINENT AMÉRICAIN

TRADUITE DE L'ANGLAIS

PAR Mlle ISABELLE GATTI DE GAMOND

PREMIÈRE SÉRIE :

Histoire de la Colonisation.

DEUXIÈME SÉRIE :

Histoire de la Révolution américaine.

Format in-8 à 5 fr. le vol.

ESSAIS ET MÉLANGES

1 volume in-8. 5 francs.

BANCROFT est avec PRESCOTT et MOTLEY l'un des trois grands historiens de l'Amérique contemporaine.

Son **Histoire des États-Unis** est la seule histoire vraiment complète de cette jeune nation qui a si rapidement grandi. Elle contient notamment l'histoire, jusqu'ici non traitée encore, des colonisations successives qui se sont accomplies dans cette partie du nouveau monde, et continue pour ainsi dire les annales des peuples européens qui ont émigré dans ce continent.

LA
RÉVOLUTION DES PAYS-BAS

AU XVIᵉ SIÈCLE

PAR JOHN LOTHROP MOTLEY

TRADUIT DE L'ANGLAIS PAR G. JOTTRAND ET A. LACROIX

L'histoire des Pays-Bas au seizième siècle est d'une importance si haute pour l'histoire générale de la civilisation, qu'il n'y a point lieu de s'étonner du grand nombre de recherches et d'explorations dirigées sur ce point, surtout depuis quelques années, depuis l'apparition des précieux documents publiés en Hollande par M. Groen Van Prinsterer, en Belgique par M. Gachard et en France par M. Weiss.

En Amérique même, deux historiens d'un mérite supérieur, M. William H. Prescott, enlevé à sa carrière, et M. John Lothrop Motley, ont pris pour texte de leurs études la seconde partie du seizième siècle, c'est-à-dire le règne de Philippe II, avec la révolution politique et religieuse, avec l'anéantissement moral de la Belgique et la fondation de la république des Provinces-Unies.

L'ouvrage de Motley embrasse la période si émouvante, si agitée comprise entre l'abdication de Charles-Quint et la mort de Guillaume le Taciturne, prince d'Orange (1555-1584). Ces trente années d'efforts généreux, de luttes grandioses pour une cause sainte, avec quelle vigueur l'historien les retrace !

L'Espagne et Rome, Philippe II et l'Inquisition, les ministres sanguinaires du tyran et les familiers du Saint-Office, apparaissent sous leur vrai jour ; et leurs crimes et leurs oppressions sont flétris avec l'énergique indignation d'une âme éprise du juste.

A côté, se détachent les figures calmes et rayonnantes des d'Orange, des Marnix, des amis de la nationalité, des serviteurs du droit et de la liberté — liberté civile et liberté de conscience.

L'histoire de la Révolution des Pays-Bas au seizième siècle et de la Fondation de la République des Provinces-Unies, traduite de l'anglais de Motley, forme quatre beaux et forts volumes in-8, de 600 pages chacun, soigneusement imprimés.

Le prix de chaque volume est de **cinq** *francs.*

PARIS, IMPRIMERIE POUPART-DAVYL ET Cⁱᵉ, 30, RUE DU BAC.

CHEZ LES MÊMES ÉDITEURS

COLLECTION DES GRANDES ÉPOPÉES NATIONALES

Valmiki. — Le Râmàyana, poëme traduit du sanscrit par H. Fauche. 2 vol. in-18. . . . . 7 »

Les Nibelungen, poëme traduit de l'allemand par Emile de Laveleye. 1 vol. in-18. . . . . 3 50

Le Roman du Renard, mis en vers d'après les textes originaux, par Ch. Potvin. 1 vol. in-18. 3 50

Les Chants populaires de l'Italie, traduction de l'italien de Caselli. 1 vol. in-18. . . . . 3 50

Milton. — Le Paradis perdu, traduction de l'anglais par Châteaubriand. 2 vol. in-18. . . . . 2 »

L'Edda, traduction du poëme scandinave, par Emile de Laveleye. 1 vol. in-18. . . . . 3 50

Kalidasa. — OEuvres, comprenant le drame de Çacountala, traduction de l'indien par H. Fauche. 1 vol. in-18. . . . . 3 50

La Chanson de Roland, précédée de la Chronique de Turpin, version nouvelle par M. de Saint-Albin. 1 vol. in-18. . . . . . . 3 50

Le Poëme du Cid, suivi des Chroniques et des Romances sur le Cid. Traduction nouvelle de l'espagnol par M. de Saint-Albin. 2 vol. in-18. . . . . 7 »

THÉATRE

George Sand. — Théâtre complet. 3 vol. gr. in-18. . . . . 9 »

Louis Ulbach et Crisafulli. — M. et Mme Fernel, comédie en quatre actes. 1 vol. in-18. . . . . 2 »

Jules Guilliaume. — Struensée, drame en cinq actes et en vers. 1 v. in-18. 1 25

Louis Labarre. — Montigny a la cour d'Espagne, drame en cinq actes. 1 vol. in-18 . . . . 2 »

Tollebi. — Le Denier de Saint-Pierre, comédie en cinq actes. 1 vol. in-18. 1 25

Ch. Potvin. — Jacques d'Arteveld, drame historique en trois actes et en vers. 1 vol. in-18. . . . . 2 »

Goethe. — Faust, tragédie, ornée du portrait de l'auteur. 1 vol. in-18. . . . . 3 »
— Le même ouvrage, orné de 26 gravures. . . . . 5 »

Edouard Wacken. — Le Siége de Calais, tragédie lyrique en trois actes 1 vol. in-18. . . . . 1 »

Ch. Hugo. — Les Misérables, drame en deux parties et douze tableaux avec prologue et épilogue. Édition de luxe in-8. . . . . 4 »
— Le même ouvrage. Édition in-12. . . . . 2 »

Racine. — Théâtre. 2 vol. in-32, édition diamant ornée de 13 vignettes. . . 6 »

Mme de Staël. — Essais dramatiques. 1 vol. in-18 . . . . 1 »
— Le même ouvrage. 1 vol. in-8 . . . . 2 »

Châteaubriand. — Moise, tragédie. 1 vol. in-18. . . . . » 50

Victor Joly. — Jacques d'Arteveld, drame, précédé de chroniques intéressantes sur l'histoire des Flandres au xive siècle. 1 vol. in-18. . . » 50

Fourdrain aîné. — L'Homme aux yeux de bœuf, drame. 1 vol. . . . 1 »
— Le Médecin, drame. 1 vol. . . . . 1 »

Scribe. — L'Africaine, grand opéra. Musique de Meyerbeer. 1 vol. in-18. . . 2 »

Emerson. — Les Représentants de l'humanité. 1 vol. 3 50
— Les Lois de la vie. 1 vol. 3 50
— Essai sur la nature. 1 vol. in-18. . . . . 3 50

Œuvres du prince de Ligne. — 4 vol. in-18. . . . . 14 »

Mémoires du prince de Ligne. — 1 vol. in-18 . . . . 3 50

Hippolyte Lucas. — Histoire philosophique et littéraire du Théatre-Français, depuis son origine jusqu'a nos jours. 3 vol. in-18. 10 50

Guillaume Schlegel. — Cours de littérature dramatique. 2 vol. gr. in-18. . . . . 7 »

Albert Lacroix. — Histoire de l'influence de Shakspeare sur le théatre en France jusqu'a nos jours. 1 vol. gr. in-8. . . . . 5 »

778. — PARIS IMPRIMERIE POUPART-DAVYL ET Cᵉ, 30, RUE DU BAC.